KB262542

김하인 장편소설

CLASSIC LOVE STORY

순수의 시대

1

예담

나는 이 소설에 등장하는 D대 특수교육과에서 공부했고 졸업했다.

사춘기 시절 나는 인간의 슬픔과 아픔 쪽에 관심이 많았다. 나는 나의 대학 시절을 사랑하며 지금도 그때 공부하고 느꼈던 것을 내 작업에 풀어놓고 있다. 내가 대학을 다니던 시기는 1980년대다. 이 책을 읽을 젊은 세대들은 이해하지 못하겠지만, 그때는 군사정권이 무제한의 폭력을 국민들에게 행사하던 때였다. 그래서 내가 대학을 다닐 때는 자의든 타의든 많은 사람들이 불의한 정권에 맞서다가, 혹은 자신의 신념을 위해 초개와 같이 목숨을 바쳤다.

나는 '우리뿌리 시동인'을 만들어 대학 내내 활동했다. 그 시동인의 회원이었던 대학 후배가 실제로 민주주의를 외치며 분신자살을 했다. 어느 날인가 나를 찾아와 라즈니쉬 책을 빌려 달라고 말했던 그 후배가 그렇게 세상을 등진 것이다. 그 후 나는 오랫동안 웃질 않았다. 산다는 것에 오랫동안 부끄러웠고, 그 부끄러움의 일부는 지금도 가슴속에 선연히 살아 있다. 이번 소설은 그런 내 대학 시절의 밑그림을 기초로 쓰였다. 그 당시 내가 느꼈던 혼란과 괴로움이 사랑 안에 싸인 채 보이지 않게 스며 있다.

지금은 어떤지 모르겠지만 내가 특수교육과를 다니던 그 당시, 특수교육과 학생들은 타 학과생에 비해 남다른 면을 갖고 있었다. 장애자들을 교육하는 교사들을 배출시키는 곳이어서 그런지 마음과 영혼이 유달리 깨끗한 사람들이 많았다. 특수교육과 학생들 중에는 시각장애자를 비롯해 뇌성마비, 혹은 언어지체, 혹은 소아마비 대학생들도 꽤 여럿 있었다. 그 장애인 대학생들 옆에는 항상 비장애인 학생들이 있었다. 앞을 못 보는 남자 대학생 옆에는 얼굴도 참 예쁜 비장애인 여대생이 꼭 붙어 있어서 그들은 사 년 내내 짝을 이뤄 공부를 하고 사랑을 했다. 물론 그런 캠퍼스 커플들은 대부분 결혼으로 이어졌다. 요즘의 각박한 세태로는 이해가 잘 안 될 수도 있지만 사실이다.

이 글을 쓰면서 나는 대학 시절을 함께 보냈던 많은 사람들을 떠올렸다. 지금은 뿔뿔이 흩어진 '우리뿌리 시동인' 회원들과 내가 몸담았던 볼런티어(Volunteer) 서클, 그리고 함께 공부했던 친구들, 내가 학생운동권에 몸담은 것은 결코 아니지만 1987년 6·10 항쟁 때 대형 태극기를 흔들며 대구 봉산동 성당 앞 대로를 거침없이 함께 걸었던 몇몇 친구들의 얼굴이 생생하게 떠오른다. 특히 지금 대전 맹학교에 근무하는 최규봉 선배는 내가 대학 시절에 제일 따르던 선배였다. 앞이 전혀 보이지 않는 최 선배는 쇠톱 연주가 일품이었고, 노래 성량이 바리톤 저리 가라였다. 그 마음이 얼마나 착하고 따스했던지! 내가 만약 여자였다면 아마도 난 최 선배와 캠퍼스 커플이 되었고 훗날 결혼했을 거라고 생각한다. 나는 지금도 그를 사랑한다.

내 대학 시절이 지금 시대와는 이십 년이 훨씬 넘는 격차가 있기 때문에 과연 그때 내가 겪은 혼란과 부끄러움을 사랑의 형식에 담아낼 수 있을까 고민도 많이 하고 자책도 해보았다. 하지만 이 소설의 바닥에 그 당대에 겪은 나의 슬픔과 부끄러움이 어느 정도 진실의 힘을 가지고 스며 있다는 것을 확인한 뒤 이 소설을 세상에 내보내기로 결정했다. 많은 사람들이 내게 바라는 사랑의 양식에 나름대로 그 시절을 담아보았다. 나는 이 소설을 통해 70, 80세대들은 한없이 순수했으며 또한 과격했던 청춘의 그 시절을 반추할 수 있길 바라고, 지금의 젊은 세대들에겐 한국 현대사의 한 시기였던 1980년대 정황이 이러했다는 사실도 알려주고 싶다. 지금도 그 시절로 돌아가고 싶은 강렬한 마음을 느끼지만 또 그만큼 그 시절에서부터 자유롭고 싶기도 하다.

어쨌든 이제 이 소설은 내 손을 떠나 독자들의 몫으로 남았고, 나는 때가 되면 대전 맹학교 선생님으로 재직 중인 규봉이 형을 만나러 갈 것이다. 그리고 오래된 그 시절의 내 마음을 넘기시는 고마운 분들께, 늘 건강하시고 늘 행복하시기를 진심으로 바란다.

강원도 바닷가에서
김하인

차
례

햇빛이 눈부시다 · 11

침입자 · 20

기다리는 아이 · 39

나의 세상이 변했다 · 65

점자 편지 · 87

입맞춤엔 별이 보인다 · 102

스크래치 · 117

허공에서 서걱거림이 가득하다 · 151

중부경찰서 · 173

마음의 교신 · 191

사랑은 자신이 아닌

그 사람을 위해

오롯이 자신을 남김없이

죽여 나가는 과정이다

햇빛이 눈부시다

"윤진이? 얼굴이 참 예쁘구나! 반갑다. 그리고…… 성철이, 네 바이올린 솜씨는 정말 대단하다고 하던데. 언제 한번 들을 수 있는 거지? 우리 한 해 멋지게 잘 지내보자. 너는…… 경화지? 경화 넌 피부가 너무 하얘서 눈부실 정도인걸. 그리고 정말 눈이 너무 예뻐. 어떻게 선생님한테 한번 빌려줄 순 없겠니?"

나는 아홉 명의 반 학생들 자리를 돌며 일일이 악수를 나누는 중이었다.

2005년 3월 2일, 화창한 봄날이었다.

중등부 2학년 2반 담임을 맡은 나는 아홉 번째 학생인 주연이의 어깨와 등을 살갑게 두드려주었다. 학교명은 대전광역시 동구 가오동에 자리한 대전 맹학교. 여선생인 나 또한 앞을 전혀 보지 못하는 전맹(全

盲)이다. 하지만 오늘 공식적으로 처음 대하는 반 학생들에 대해 미리 정안자(正眼者)인 비장애인 선생님의 도움을 받아 우리 반 학생들의 얼굴이며 특기, 특징에 대해 모두 머릿속에 외워두었다. 이젠 반 아이들을 가슴속에 외우게 될 것이다.

나는 특수교육학을 전공했다. 대학을 졸업한 지 아주 오래되었지만 이렇게 신학기에 새로운 학생들을 만난다는 설렘과 떨림만은 하나도 변하지 않았다. 더군다나 국립 시각장애학교에서 공립으로 옮겨 온 첫해였고, 담임이 되었기 때문에 더더욱 그러했다.

머릿속에 외워둔 아이들 책상 사이를 뚫고 자로 잰 듯 45도 각도로 오른쪽으로 몸을 틀어 세 걸음 앞으로 걸어가서는 오른손을 앞으로 쭉 뻗었다. 교탁이 만져지자 곧장 왼쪽으로 돌아 이윽고 교탁 위에 두 손을 얹고 반듯하게 섰다.

몇 마디 농담을 하자 아이들 사이에서 폭소가 터졌다. 십 년이 넘는 교사 생활을 통해 학생들과의 벽을 단숨에 허무는 나름의 노하우를 터득하였다.

"자…… 그만 웃고. 오늘 일정은 간단하게 반 배정과 담임선생님 배정이 있는 날이에요. 정규 교과 수업은 내일부터입니다. 여러분, 수업 시간표는 이미 다 받았지요?"

"네."

"물론 교과서도 다 수령했고요?"

"네."

"흐음, 대답 한번 시원해서 기분 좋네. 난 정말 예쁘고 멋진 우리 반 친구들을 만나게 되어 너무너무 행복합니다. 선생님도 여러분들 맘에 들었으면 참 좋겠는데……. 자, 질문 있으면 해보세요."

기다렸다는 듯이 뒤쪽에 앉은 통통한 몸집의 학생이 빙긋거리는 표정으로 한 손으로 책상을 한번 두들기면서 나머지 손을 반쯤 들었다.

"선생님 목소리가 아주 고우시네요? 나이…… 아니, 연세가 어떻게 되세요?"

"네 짐작은 어떤데?"

"서른다섯에서…… 여섯? 네, 여섯이실 거 같아요."

"흐음, 서른여섯이라! 기분이 꽤 좋은걸."

장난기 섞인 학생이 말한 나이보다 실제 나이는 더 많다. 하지만 학생들과 빨리 친해지기 위해선 장난기가 다분한 질문에는 장난기로 응하는 게 상수다. 나는 가벼운 탄성을 내지르며 "야하! 족집게 도사 저리 가란걸!" 하고 유쾌하게 대꾸했다.

"으잉? 그렇게나 되셨어요? 물론 결혼은 하셨……겠죠?"

"당연히 했지. 나같이 예쁜 사람이 아직까지 노처녀일 수가 있나?"

"대단한 자부심이네요. 선생님, 진짜 그렇게나 얼굴이 아름다우신가요?"

"응. 대원아, 나 무지 예뻐."

"피이, 거짓말!"

"진짜라니깐. 너희 바로 앞에 서 있는 내가 어떻게 거짓말을 하겠니? 섭섭하고 안타깝다. 너희들 눈에 이 빛나는 내 미모가 안 보인다니!"

"핫하하하. 그러니까 점점 더 못 믿겠어요."

"이 녀석 봐라. 대원이 넌 뭘 듣고 싶은데?"

"사실요."

"사실? 그래, 이 녀석아. 진짜는 나 무지 못생겼다. 그래서 그 사실을 알게 된 넌 지금 기분 무지 좋으냐?"

"우하하하. 이제야 제대로 말씀하시네요. 서로 앞이 안 보인다고 해도 선생님과 저희들은 사제지간인데 선생님께서 벌써부터 저희들한테 대놓고 사기 치시면 안 되죠. 안 그래요?"

"으응, 그래 좋아. 좋다고. 학교 선생님들께서 대원이 너에 대해 진작부터 말씀하시더라. 말버릇이 막가파라고. 아무튼 넌 오늘부로 완전히 나한테 찍혔다. 알겠어?"

"웃헷헤헤. 성공이다."

"무슨 성공?"

"선생님한테 강한 첫인상 남기는 거요. 선생님, 앞으로 일 년 내내 절 마구 찍어주세요. 전 그런 강한 애증이 좋아요."

"선생님, 대원이는 작대기로 때리면 더 좋아해요."

"어휴, 정말로 쟤가 그러냐?"

"네. 진짜로 그래요."

반 학생들이 와그르르 웃었다.

나 또한 빙그레 미소를 머금으며 고개를 끄덕였다. 특수교사 십수 년째 접어드는 나였다. 대체적으로 특수학교 분위기는 입시 일변도의 일반 학교보다 훨씬 더 친밀하고 부드럽다. 까부는 것과 버릇없는 것, 으스대는 것을 용감한 것과 솔직한 것으로 혼돈하는 대원이조차 내겐 익숙했고 사랑스러웠다. 제일 앞쪽에 앉은, 아주 도수 높은 두꺼운 안경을 낀 재영이만 고도 약시(弱視)일 뿐 나머지 학생들은 나처럼 앞이 전혀 보이지 않는다. 나와 학생들 사이에 이미 그런 완전한 동질감이 있기 때문에 웬만한 것에 대해선 이해하고 넘어갈 수 있는 것이다.

"아무튼 좋아. 그런데…… 시간이 좀 남았네. 우리 친구들이 돌아가면서 자기 소개하는 시간을 가져볼까?"

"헤잉. 선생님! 우린 서로에 대해 너무나 잘 알아요. 칠 년 동안 같은 학교를 다녔는걸요. 우리가 잘 모르는 건요, 이번에 학교를 새로 옮겨 오신 선생님에 대해서일 뿐이죠."

"맞아요. 선생님, 선생님 남편 되시는 분은 뭐하는 사람인지 정말 궁금해요."

"아냐, 남편 얘기 말고요, 옛날 애인 이야기 해주세요."

"그래요 선생님! 첫사랑 얘기해 주세요!"

"옛날 애인? 첫사랑? 야하, 뭐 그런 얘길 하라고 해. 선생님도 엄연히 프라이버시가 있는데?"

"선생님! 아직 모르셨네요. 그건 우리 학교 전통이에요. 반 배정되고 선생님 첫 대면 시간 때 선생님 첫사랑 이야기 듣는 거요. 선생님은 의무고 우리들은 권리예요. 애들아, 내 말 맞지?"

"네에, 맞아요. 지금까지 안 해주신 선생님은 한 분도 없어요."

"그래? 그런 전통이 있다는 얘긴 내가 미처 못 들었는데?"

"야하! 속고만 사셨나. 그럼 지금 옆반 선생님한테 가서 한번 물어 보세요. 아님 교무실에 가서 물어보시고 오시든지요."

"흐응……!"

"해주세요. 정말이라니까요. 혹시…… 선생님 진짜로는 아직까 지…… 결혼 못하신 거 아니에요? 연애도 제대로 한번 못하신 거 같은 데……?"

"애들 좀 봐. 사람을 어떻게 보고. 이렇게나 예쁜 내가 그걸 못해 봤 겠니? 그 느낌을 떠올리려니까 기억이 가물가물해서 그렇지."

"또 우기신다. 그거야 선생님이 혼자 예쁘다고 우기시니까 그렇다고 치는 거고요. 우리가 선생님 얼굴 직접 만져보지 않은 담에야 그 말씀 은 솔직히 지금 맘에는 안 와닿아요."

"야, 대원아! 너 진짜 왜 그래? 학생인 우리가 선생님 말씀을 못 믿 으면 어떻게 하냐. 내 눈엔 잘 보인다. 우리 담임선생님 정말로 예쁘 셔. 저렇게 아름다우신 우리 선생님이 첫사랑이 없으셨겠냐? 지금 막 얘기하려 하시잖아. 너희들은 제발 좀 입이나 꾹 닫고 있어라."

'어휴, 이 녀석들 봐라. 완전히 날 가지고 놀려고 하는군! 선생님들 한테 신고를 치르는 게 아니라 먼저 이 녀석들 앞에서 신고식을 단단 히 치르는 꼴이네. 하지만 날이 날인 만큼 오늘은 내가 너희들 넉넉하

게 봐줬다!'

나는 고개를 설레설레 젓다가 천천히 끄덕이며 느긋한 미소 한쪽을 입가에 배어 물었다.

"좋아. 해주지. 그런데 뭘로 해주나?"

"무슨 뜻이에요?"

"으응, 사실은 내가 진짜로 사랑을 좀 많이 해봐서 그런데……. 과연 너희들에겐 어떤 사랑 얘기가 적당한지 잘 모르겠구나. 흠, 찐한 걸로 해줄까? 애틋한 걸로 해줄까?"

"우왓왓! 그렇다면 당연히 찐한 거지요!"

"찐한 거?"

"아뇨. 가슴 아픈 애틋한 걸로 해주세요."

"야, 경화 넌 가만히 있어. 애틋한 거보다는 찐한 게 백번 더 나아."

"난 슬픈 사랑 얘기가 더 좋아."

"까불지 마라."

"너나 까불지 마!"

"조용조용! 그럼 찐하기도 하고 가슴도 저미는 애틋한 얘기면 대원이하고 경화 너희 둘 다 만족할 수 있겠니?"

"네!"

"당근이죠!"

"좋아. 황금 비율로 섞어 해주지!"

"야호! 신난다!"

학생들은 책상을 손바닥으로 두들기며 열광적으로 기뻐했다.

기대감이 가득한 분위기로 실내가 조용해지자 일순 나는 당혹감 때문에 잠시 헛기침을 몇 번 했다. 쑥스럽고 부담스럽지만 학교를 옮겨 온 초임 교사 신분의 나로선 피해 나갈 수 없는 상황이지 않는가. 하지만 선생님들은 누구나 학생들을 한 시간 정도는 너끈히 아름답게 꿈꾸게 만드는 사랑 이야기 두어 가지씩은 준비하고 있다. 경력이 느는 만큼 노하우도 느는 것이다. 굳이 자기 얘기가 아니어도 주변에서 일어난 이야기, 하다못해 책에서 읽은 이야기나 외국 영화에서 따왔지만 아이들이 전혀 눈치채지 못하게 각색해 이야기를 들려줄 능력은 저마다 갖고 있는 것이다. 더군다나 국어 과목을 가르치는 나는 황순원의 『소나기』를 가지고 최소한 열 개 정도의 가슴 저미는 풋풋한 사랑 이야기로 변주할 수 있다. 지난 교사 시절 내내 학생들에게 한두 번 들려준 것도 아니고 보면 그리 어려운 일은 아니었다. 하지만 순수한 학생들은 진짜로 내가 경험한 나의 사랑 이야기를 듣고 싶어할 것이다.

나의 사랑이라……!

그렇게만 나는 입속말로 가볍게 중얼거렸다. 그것만으로 불현듯 누군가 내 중심에 와서 묵연한 자세로 두 손을 모으고 서는 느낌이 들었다. 한순간에 스며든 감정이지만 내 마음은 한없이 아득해졌다.

그래. 그때 그 시절……!

아주 오랜 세월이라 하긴 뭣하고……. 그렇다. 한 사람의 연대기로 보아 적지 않은 세월이 그때로부터 지나간 것은 분명하지만 그때 내가 한 사람을 사랑하면서 겪었던 일들과 시대적인 사건들이 어제 일처럼 생생했다.

이처럼 기억이 선연하게 살아 있을 줄이야!

순간적으로 눈물이 핑 돌고 코끝이 시큰해졌다. 물기까지 스미는 숙연해진 마음을 가다듬느라 잠시 고개를 깊이 숙이면서 몇 번이나 끄덕였다. 이제나저제나 얘기가 시작될까 잔뜩 숨을 죽이고 있는 우리 반 학생들을 향해 이윽고 나는 흰 턱을 쳐들었다.

침입자

내 이름은 이희연.

나는 천안과 가까운 소읍인 현암면에서 목회자의 둘째 딸로 태어났다. 아버지는 재정이 몹시 가난한 조그만 시골 교회를 개척한 목사였고, 엄마는 전도사였다.

나는 선천적으로 앞을 볼 수 없다. 허옇게 백태가 끼여 안구가 흐려진 것이라면 각막이식을 하면 세상을 볼 수 있다는 희망이라도 가질 수 있다. 하지만 안구와 연결되는 시신경 전부가 뇌 쪽으로 오그라든, 그러니까 원천적으로 시신경이 안구 뒷면과 하나도 연결돼 있지 않은 상태로 태어났기 때문에 현대의학으로는 수술이 불가능하다. 그럼에도 불구하고 내 기억으로는 다섯 살이 될 때까지 앞을 전혀 보지 못한다는 것을 깨닫지 못했다. 나만 세상이 안 보이는 게 아니고 당연히 모든 사람들, 구체적으로 아빠나 엄마 또한 나처럼 앞이 캄캄하리라 여겼기 때문이다. 하지만 나는 엄마가 나를 보듬어 안고 흘리는 눈물을 통해 내가 다른 아이들과 다르다는 것을 어렴풋이 깨달아야만 했다. 그전까진 엄마가 울면 어린아이인 내가 "엄마, 왜 울어? 어디 아픈 거야? 울지 마! 내가 호 해줄게!" 하면서 엄마를 종종 달랬지만, 다섯 살 그 어느 땐가 우는 엄마 품에서 확인 안 되는 거대한 두려움과 공포를 느끼고는 온몸을 바들바들 떨었던 기억이 지금도 생생하다.

앞이 전혀 안 보인다는 것. 한 살 한 살 나이를 더 먹을수록 없어지는 게 아니라 그 사실을 더욱 또렷이 깨달아 가는 과정만큼의 공포는 세상에 다시없다. 물론 나는 세상에서 나를 제일 사랑하는 아빠 엄마를 사랑하고 존경한다. 그분들은 나를 진정으로 사랑하신다. 하나님께서 딸아이를 앞 못 보게 태어나게 하셨다면 이유가 있을 거라고 믿는 엄마 아빠는 나를 최선을 다해 기르셨다. 특히 엄마는 내가 학교를 다니기 전부터 매일 밤 잠들기 전에 꼭 헬렌 켈러 자서전을 읽어주셨다. 엄마는 귀먹고 눈멀고 말도 못하는 헬렌 켈러가 장애를 극복하고 위대한 한 인간이 되었듯이 나 또한 그렇게 되기를 진정 바라신 것이다. 엄마와 아빠는 위대한 교사 설리번처럼 세상의 모든 것을 내 손으로 만지게 해주려 애썼고, 내 궁금증에 대해 한 번도 짜증을 내거나 신경질 부리는 일 없이 정성을 다해 설명해 주셨다.

여덟 살이 되자 엄마 아빠 곁을 떠나 서울로 유학을 갔다. 우리나라에서 시설이 제일 좋다는 서울 국립맹학교에 들어가 공부를 했고, 학교 부속 기숙사에서 살면서 초중고 교과 과정을 마쳤다. 서울 생활 초창기일 당시 나는 바다를 한 번도 보지 못했지만 내가 남몰래 흘린 눈물이 바다 정도의 양은 되리라 생각할 만큼 자주, 그리고 많이 울었다. 아빠 엄마를 떠나 낯선 세상에 혼자 떨어지는 것만큼 무섭고 슬픈 일이 어디 있겠는가.

돌이켜보면 그때나 지금이나 난 늘 혼자였다.

섬이었다. 달도 별도 내 손으로 만들어 어두컴컴한 내 세계에 달아야만 했다. 끝없는 캄캄함 속에서, 지루한 고요함 속에서도 기꺼이 혼자 놀고 혼자 외로이 잠들었다. 눈물은 비가 되어 마음속에 쉼 없이 내렸다. 바깥 날씨의 화창함과는 관계없이 비가 뿌렸다. 마음을 적시는 그 고적한 쓸쓸함은 내가 고개만 떨어뜨려도 무성하게 자라났다. 고독은 내 사춘기 시절의 주식이었다. 나는 아무도 들르지 않는 폐가(廢家)처럼 나를 함부로 방치한 시절도 있었다. 아예 아무도 내게 노크하지 못하도록 내 마음을 철저히 잠그고 그 안에서 혼자 나를 키우며 길러 냈다.

까닭에, 그런 시절을 겪어온 내 마음은 늘 우기(雨氣)였다.

내 세계는 종종 홍수가 지고 바다가 되었다. 세상을 볼 수 없다는 것, 아무것도 보이지 않는다는 것은 사춘기 시절까지 버겁고 감당하기 힘든 재앙이었다. 반항하는 내가 밉기도 하고 가엾기도 했다. 세상의 아름다운 빛깔과 모양으로부터 철저히 차단된 감옥에 갇혀 있다는 것을 느낄 때마다 새삼스럽게 몸서리를 쳤다. 타협이 싫은 발버둥질을

친 것이다. 모든 게 불공평했다. 하늘도 밉고 사람들도 싫었다. 왜 하필 나만 이럴까? 사람들이 나와 가까워지려 하는 것 또한 철저하게 배척했다. 그러면서도 "사람들은 왜 아무도 내게 관심을 기울여 주지 않는가?" 하고 불평을 터뜨리면서 모든 사람들을 원망했고 절망했다. 하지만 중등부(중학교)를 졸업하면서부터 어느 정도 나와 타협할 수 있는 기교를 익힐 수 있게 되었다.

주변 사람들에게 무성의하다는 것이 나 자신에게 무성의한 것임을 깨달았다. 내가 나를 진정으로 아껴주고 사랑하지 않는다면 아무도 나를 사랑하지 않을 거란 생각이 들었다. 인정해야 했다. 그것도 나를 깊이 긍정해야만 했다. 기꺼운 마음으로 나에게 집중했고 나에게 성실해지기 위해 애썼다. 그렇듯 나에 대한 훈련이 되자 타인에게도 집중했고 다른 사람에게도 성실해지기 위해 애를 썼다. 자연스레 공부도 아주 열심히 했다. 중학교 시절은 나를 위로하는 방법을 터득해 나가는 과정이었다면, 고등학생 때는 친구들과의 우정을 알았다. 사람과의 관계를 알았다. 좋은 관계를 아름답게 지속시키기 위해선 공부를 아주 열심히 해야 한다는 것을 다시금 깨달았다.

그래서 시각장애자 학교를 졸업하면 누구나 받는 안마사 자격증이나 침술 공부 같은 것에 일체 관심을 갖지 않았다. 비장애인인 일반 고등학생들과 당당히 겨루는 길을 일찌감치 택했다. 특수교사가 되고 싶었다. 내가 공부한 특수학교에도 나와 같은 시각장애자 선생님들이 계셨다. 그 선생님들은 내 꿈이었다. 특수학교 교사가 될 수 있는 특수교육과가 있는 대학에 들어가는 것이 학창 시절에 세운 첫 단계 목표였다. 까닭에 고교 시절 내내 새벽 2시 전에 자본 적이 단 한 번도 없다. 앞이 안 보이면 공부하는 데 있어 일반 학생들보다 최소한 서너 배는 더 많은 시간과 노력을 기울여야 한다. 그런 면에서 서울 국립맹학교는 좋은 학교다. 나보다 앞서서 그 꿈을 이룬 선생님들이 여러 분 계셨고, 그들은 학업 성적이 다른 학생들에 비해 뛰어난 나에게 많은 도움을 주셨다. 어떤 선생님은 자신이 공부했던 모든 점자책과 요점들이 기록된 시험지 전부를 내게 건네주시기도 했으니까. 하지만 감수성이 더욱 풍부해지는 꿈 많은 여고생 시절, 키가 자랄수록 그 높이 이상의 슬픔 속에서 허우적거리는 자신을 발견하는 것만은 나 자신도 어쩔 수가 없었다.

한때 나는 단 하루만 눈으로 볼 수 있다면 죽어도 좋다고 생각했다. 내가 좋아하는 사람의 얼굴, 내가 좋아하는 나무와 산, 그리고 밤하늘과 아름다운 장면이 가득한 영화, 멋진 배우와 잘생긴 가수의 얼굴을 볼 수 있다면 그 다음 날 죽어도 좋다고 생각했다. 그런 턱없는 생각은 부지불식간에 들기 때문에 어쩔 수가 없었다. 그만큼 간절했기 때문이다. 꽃을 보지 못한다는 것, 별을 보지 못한다는 것, 사람 얼굴을 보지 못한다는 건 분명 너무나 슬픈 일이니까. 그런 생각이 길어지면 긴 창이 되어 내 마음을 깊이 찔렀다. 그 상처가 너무 깊을 땐 나를 예전처럼 잠시 고립시키고 여지없이 처참하게 만들었다. 그러나 그런 부유(浮游)하는 생각으로 말미암아 오랫동안 가라앉거나 일상에서 결코 침

몰하지 않았다. 끊임없이 공부만은 열심히 하려고 무척 애를 썼다. 마냥 그런 생각에 빠져 있으면 내 삶 전체가 수장돼 버린다는 정도는 이미 알고 있었기 때문이다.

그렇다고 남보다 많은 슬픔을 갖고 있다는 게 반드시 그리 나쁜 것만은 아니다. 슬픔은 깊이와 맑음을 갖게 해준다. 묵묵한 인내를 가르쳐준다. 까닭에 가끔씩 나를 방문하는 슬픔에게도 난 기꺼이 내 숨결을 나눠주었다. 숨결을 주고 편안하게 쉴 자리를 주어야만 슬픔이 잡초가 되지 않고 한 포기 난(蘭)처럼 명징하고도 곱게 자라날 수 있는 것이다. 슬픔이 한 포기 난처럼 그윽하고 단정하다면 키워볼 만하잖은가.

하지만 위험성도 물론 있다. 숲처럼 무성하게 자라거나 예전의 나처럼 내 마음을 바다로 만들어버리는 점액질의 슬픔은 아주 위험하고도 불온했다. 너무나 예민한 슬픔은 까딱 잘못하면 세상 전체를 망가뜨리게 만드는 지옥의 파괴력과 친화력을 가졌다. 삽시간에 마음 전체에 번져들고 점령한다. 그럴 때면 그 마음의 주인인 나도 어쩔 수가 없다. 목을 늘어뜨린 채 삶 전체를 내주는 수밖에는. 까닭에 가끔씩이었지만 소량의 기쁨은 비타민처럼 반드시 필요하다. 펑펑 울고 싶은 때라도 일부러 웃음소리를 접어 눈물이 흐르는 내 마음에 띄워 보냈다.

'희연아, 넌 지금 잘하고 있는 거야! 그래, 우리 아주 조금만 더 참아보자!'

그럴 때마다 나의 젖은 마음 위에 작은 미소를 실은 배가 아주 천천히 떠갔다. 깜박! 깜박! 꺼질 듯 꺼질 듯 꺼지지 않는, 내 웃음소리로 만든 그 자그마한 따스함 크기만의 밝은 빛!

나는 언젠가부터 기대하게 되었다.

내 작은 웃음소리로 만든 배가 나라는 고립되고 폐쇄적인 섬을 떠나 이 세상 위로 눈부시게 떠가게 될 날이 그리 멀지 않았다는 것을. 내가 고등학교를 졸업하고, 적어도 내게 있어 신천지나 다름없는 대학에 들어간다면 그 많은 사람들 중 누군가 내 마음에서 떠내려 온 그 배를 발견하는 사람이 반드시 있을 것이라는 사실을. 그렇게 아주 낭만적인 꿈을 꾸고 또 꾸게 되었다.

'언젠간 그런 사람이 반드시 있을 거야. 그렇게 되면 그 말은 누군가 내 맘속에 와 닿게 된다는 거겠지? 그래, 아무도 모르게 내 가슴속으로 어떤 한 사람이 도착할 거야!'

그렇게 나는 고등학교 시절 내내 공부가 힘겨울 때마다 스스로를 다독거리며 책상 앞에 끈질기게 붙어 앉아 있었고, 새벽녘에야 침대에 쓰러져 잠이 들었다. 코에서 흘러내린 코피가 점자책이나 베개를 자주 물들였고, 그 붉은 피는 꿈속까지 번져 종종 노을처럼 아름답게 변하기도 했다.

1985년, 나는 바라던 대입 시험을 치르고 원하던 대학, 그렇게 바라던 특수교육과에 합격했다. D대학에 합격한 것을 알고 기뻐 팔짝팔짝 뛰며 손뼉 치던 소리와 허공으로 햇빛처럼 뿌리던 웃음소리, 그리고 나보다 더 좋아하고 감격해 하시던 엄마 아빠의 그 폭죽 같던 환호성이 아직도 귓가에 생생하게 남아 있다.

지금 나는 점자 리포트를 챙겨들고 집 밖으로 나갈 준비를 하고 있다. 중간고사를 대신해 학과장실에 과제물을 제출해야 하는 날이었기 때문이다. 벌써 나갔어야 했지만 바깥 공기가 어수선했다. 오후 들어 진작부터 최루탄 쏘아대는 소리가 바깥에서 "펑, 펑, 펑!" 하고 들리더니 이젠 방 안에만 있던 내 눈동자까지 조금 쓰라렸다. 목구멍까지 미량의 고춧가루 물을 마신 듯 따끔거리는 걸로 보아 틀림없이 내가 다니고, 현재 살고 있는 대학교 주변에서 데모가 벌어진 모양이었다.

나는 대학 2학년이었고, 1986년 5월 11일이었다.

언젠가부터 5월이 되면 대학가 공기는 여지없이 매캐한 최루탄 연기로 뒤덮였다. 1980년 5월의 광주에서 지금의 정권이 광주 시민을 무참하게 학살하는 만행을 저질렀기 때문에 그 뒤부터 매년 5월이 돌아오면 사흘이 멀다 하고 대학가에선 군사폭력정권을 규탄하는 시위가 끊이지 않았다.

D대학은 대구시 대명동에 자리했다. D대학 근처엔 또 하나의 종합 대학인 G대학이 있었기 때문에 하루는 D대학이 데모하고, 하루는 G대학이 데모하고, 또 하루는 공동으로 연합해 시위하며 데모하는 것이 5월을 지내는 방식이었다.

나는 1학년 때부터 D대학 후문 근처 한 골목의 지하 셋방을 얻어 자취를 했다. 1학년 내내 나와 함께 한 공간에서 자취를 했던 룸메이트가 있었다. 이름은 연경이고, 부산 출신이었는데 그녀 또한 나와 같은 시각장애를 가진 같은 학과 같은 학년 학생이었다. 연경은 나와는 달리 사람이나 건물의 윤곽을 흐릿한 선으로나마 볼 수 있는 정도의 고도 약시였는데, 1학년을 마칠 무렵이던 겨울 어느 날 교통사고를 당했다. 낮에는 윤곽으로나마 앞을 가늠할 수 있지만 밤에는 그 선이 모두 사라져 앞을 전혀 못 보았던 그녀는, 초저녁 대학 후문 쪽에서 미끄러져 나오던 승용차에 받힌 것이다. 오른쪽 다리와 골반 뼈가 부러졌을 정도로 중상을 입은 연경은 휴학계를 내고 부산으로 내려갔고, 지금도 한 달에 두 번씩 통원치료를 받는 중이다.

나처럼 앞이 전혀 보이지 않는 시각장애자일지라도 익숙한 자기 공간인 집 안에서는 일반인과 다를 바 없이 아주 자유롭다. 하지만 집 밖을 나서면 언제 어디서, 절벽에서 추락하는 것과 다름없는 위험과 맞닥뜨릴지 아무도 모른다. 일상생활인 하루하루가 위태로운 것이 나를 비롯한 시각장애를 가진 사람들이 공통적으로 느끼는 두려움이다. 집 밖을 나서면 오른쪽으로 이어지는 담장과, 십여 미터 앞 왼쪽에 세워진 전신주, 그리고 아스팔트 땅과 보도블록의 높낮이, 계단이나 턱이 있는 곳을 나는 일일이 머릿속에 환하게 외워두었다. 니은(ㄴ) 자로 곧장 꺾어 126걸음이면 D대학 후문에 닿는 것까지 정확하게 외워두어야만 했다.

나는 가벼운 니켈 통으로 만든 접이용 지팡이를 1학년 내내 사용했다. 그러나 이젠 지팡이 없이 머릿속의 약도만으로도 충분히 학교와 자취집 사이의 길을 불편 없이 걸어다닐 수 있게 되었다. 하지만 학교를 다니거나 필요한 생필품을 사기 위해 D대학 후문 왼쪽에 바로 연결된 대명시장이나 동네 슈퍼마켓에라도 갈라치면 나의 온 신경이 풀가동되는 것은 당연한 일이다. 내 근처로 오는 사람의 발소리, 차바퀴 소리, 우르르 떼 지어 오는 왁자지껄한 이야기 소리, 어디선가 드릴로 시멘트 바닥을 뚫는 공사하는 소리를 들을 수 있는 예민한 청각이 가장 주된 내 신변 방어 체계였다. 또한 어느 집이 빵집이고, 어느 집이 음식점이고, 어느 집에서 튀김과 떡볶이를 파는지 내 후각은 냄새의 농도로도 전후좌우 미터까지 가늠할 수 있다. 내가 집 밖으로 나갈 일이 있을 땐 먼저 머릿속에서 아라비아숫자가 가득한 약도가 환하게 펼쳐진다. 어디에 돌출된 뭐가 있고, 어디가 층계 끝이라는 것을 기억하지 못한다면 사소한 한 걸음마저 위험하다. 조금이라도 방심했다간 발을 헛디디거나 걸려서 넘어지거나 나뒹굴 수 있기 때문이다. 그래서 내 보행은 모든 길을 돌다리도 두드려보고 건너는 식으로 매사에 끊임없이 조심하는 수밖에는 별다른 방법이 없다.

그런데 이 모든 긴장된 태세와 예민한 준비를 떠나 전경들과 학생들이 성난 산양처럼 대학가 주변에서 날뛰는 행태를 띤 일련의 데모는 내게 그야말로 속수무책이었다. 서로에 대해 뿔과 뿔을 들이받듯 힘으로 맞부딪치는 그들로선 내가 앞을 못 본다는 것 따위는 신경 쓸 여력이 없고 전혀 염두에 두지 않기 때문이다.

지지난 주였다. 학교에서 전공과목을 수강하고 후문께에서 손으로 벽을 짚으며 조심조심 집을 향해 오다가 전경인지 학생인지 모르는, 세차게 들뛰는 사람과 부딪쳐 한 시간 넘게 정신을 잃었을 만큼 혼이 났던 적이 있다. 그런 까닭에 지금 밖에서 벌어진 시위 때문에 나가기를 주저하는 것이다. 초조한 나는 손목시계 뚜껑을 열어서 손가락으로 시침과 분침을 만져본 뒤 방 안을 왔다갔다하다가 방문 앞에서 마냥 우두커니 서 있었다.

'이 일을 어쩌지? 가긴 꼭 가야 하는데!'

하지만 다시 그런 상황을 겪는다는 건 나로선 무섭기 그지없는 일이었다. 붉은 깃발에 흥분한 황소처럼 돌진하는 대학생들과 전경들의 단단한 몸에 부딪치는 것을 염려해 이제나저제나 바깥이 잠잠해지기를 기다리며 초조한 마음으로 서 있었다.

벌써 오후 5시 40분이 지나고 있었다.

'정말 어쩌나? 리포트를 오늘 6시까진 꼭 제출하라고 했는데!'

삼십 분 넘게 망설이고만 있던 나는 이윽고 입술을 질끈 깨물었다. 설사 부딪쳐서 이가 나가거나 갈빗대가 나가더라도 학점에 큰 영향을 주는 이 리포트만은 반드시 제시간 안에 제출해야 했다. 두툼한 점자 리포트를 가슴에 받쳐 들고 지하 방문의 문고리를 땄다가 이내 그대로 손이 얼어붙었다. 너무나 놀란 나는 본능적으로 뒤쪽으로 황급히 물러섰다. 골목 안쪽으로 후다닥 세차게 뛰어드는 대여섯 개의 둔탁한 발소리들! 그리고 몇 초도 안 되는 순간 내 방과 연결된 지하 층계를 다급히 뛰어 내려오는 운동화 발자국 소리가 들렸고, 이어 철문 형태로

된 내 방문이 다짜고짜 와락 밀쳐졌기 때문이다. 이어 내 방문은 그 누군가에 의해 빠르게 닫혔고, 잠금쇠가 다시 두 개나 밀어지고 안에서 걸려 단단히 채워졌다.

"헉, 헉, 헉! 죄, 죄송합니다. 자, 잠시만…… 여기 있게 해주십시오."

"……!"

나는 너무 놀라 숨도 제대로 쉬기 힘들었다.

"아니! 이 쥐새끼 같은 녀석 어디로 갔어? 이쪽 담 타 넘은 거 아냐? 야, 너 이 담 타고 들어가서 이 집 대문 따봐! 이 새끼! 내가 반드시 잡을 거야!"

지하 층계와 연결된 집 어귀에서 집결된 서너 명의 전경들이 내는 우악스런 소리가 근처 바깥에서 크게 들려왔다. 연이어 한 명의 워커 발소리가 층계를 빠르게 내려오더니 내 방문을 밀어보고 몇 번 세차게 두드렸다. 방 안에 뛰어든 숨죽인 남자와 마찬가지로 나는 숨이 멎을 것 같았다.

"잠겼습니다. 여긴 아무도 없는 것 같은데요? 원래부터 잠겨 있었던 것 같아요!"

"그럼 빨리 올라와 임마!"

"넷. 알았습니다!"

다시 둔중한 군화 발소리가 계단을 성큼성큼 뛰어 올라가더니 이내 골목 바깥과 깊숙한 쪽으로 천천히 사라졌다. 이윽고 바깥에선 아무

소리도 들리지 않았다. 문 쪽에 귀를 대고 쪼그려 앉았던 남자가 그제야 안도의 한숨을 휴우! 하고 길게 내쉬었다.

그 순간 나는 새로운 공포감에 다시 사로잡혔다.

그것은 사라진 전경 때문이 아니고 느닷없이 방 안으로 침입해 들어온 운동화를 신은 젊은 남자 때문이었다. 침입자가 누구인지 모르는데서 오는 본능적인 두려움이었다. 문에 귀를 연신 대보고 한쪽 무릎을 바닥에 대고 있는 남자에게서 들려오는 거친 숨소리, 그리고 그의 옷에서 나는 매캐한 최루탄 분말 냄새, 속옷까지 젖었을 그의 목줄기와 등줄기에 가득 흐르는 땀냄새…….

가슴이 심하게 떨렸지만 내색하지 않았다. 조금도 자세를 흐트리지 않고 점자 리포트를 가슴에 안은 채 그를 향해 무표정한 얼굴로 마냥 꼿꼿하게 서 있었다. 그가 대학생이든 아니든 이렇게 내 공간에 무단 침입한 사람은 그가 처음이었다. 그동안 나는 룸메이트 이외에 그 누구도 이 방에 사람을 들인 적이 없었다. 이제 혼자 쓰는 내 방은 이를테면 세상과 분리된 나만의 한 세계였다. 익숙했고 안전했다. 그런데 이런 경우가 생기리라고는 전혀 예상을 못했다. 그렇지 않겠는가. 일반 여성도 그럴 텐데 특히나 앞 못 보는 젊은 여자인 나 같은 경우 침입자에게 강간을 당하거나 생명을 빼앗길 수도 있는 일말의 가능성만으로도 충분히 공포를 느끼는 건 너무나 당연했다. 고립된 공간에서 내가 앞 못 보는 여자라는 것을 남자가 알아챈다면!

일반 정상인 여자에 비해 끔찍한 일이 벌어질 가능성이 훨씬 더 많다. 남자가 사악한 마음만 먹는다면 나로선 거의 무방비 상태나 다름 없으니까. 일을 당한다고 할지라도 그 사람이 어떻게 생겼는지 나로선 전혀 알 수 없기 때문에 설사 고소를 하고 싶어도 할 수가 없다. 몽타 주를 그릴 수도 없는 노릇이고 보면 범인이 누구인지, 어떻게 생겼는 지 나 자신도 모르는데 경찰인들 어떻게 짐작하고 잡을 수가 있겠는 가. 만에 하나라도 이런 일을 대비해 언제나 문단속만은 철저히 했었 다. 그리고 밤에 골목으로 들어설 때 혹시라도 누가 따라오는 발소리 가 들리면 나는 반대편 골목 어귀에 있는 경찰 초소 쪽을 향해 걸어가 한동안 서 있었다. 누군가 나를 지켜보고 있다는 미심쩍은 생각이 들 면 아예 근처의 같은 학과 여자 친구에게 가 잔 적도 몇 번 있었다. 어 쨌든 지금 이 상황은 문을 따놓은 것이 화근이라면 화근이었다. 이제 는 전경들한테 쫓기던 그가 아니라 내 자신이 비상사태인 느낌이었다. 나는 빈틈을 보이지 않으려 애쓰며 돌발적인 이 상황이 그저 조용하게 지나가기를 바랐다. 전경들이 물러갔으니까 누군지 모를 저 젊은 남자 가 내 공간에서 그저 조용히 나가주기를 비는 수밖에 없었다.

남자는 그러고도 한참이나 문 주변에 귀를 대고 있다가 그제야 긴장 이 풀리는지 문어귀에 털썩 주저앉았다.

"정말 미안합니다. 그런데 이 근처에서 저 자식들이 아직도 숨어 기 다리고 있을지 모르니 조금만 더 이렇게 있다가 나가겠습니다. 아이 고, 죄송합니다. 제가 신발까지 신고…… 이거, 방바닥 닦는 걸레가 어디에……? 핫하하, 여깄군요. 이거 죄송합니다. 정말!"

"……!"

남자는 신발을 벗어 좁은 현관에 벗어놓고, 자신이 허둥거리다가 낸 방 입구 방바닥에 찍힌 운동화 발자국을 걸레로 황급히 문질렀다.

"많이 놀라셨죠?"

"……네. 조금."

"당연히 그러시겠죠. 근데 방이 좀…… 어둡군요. 염치불구하고 말씀드립니다만, 물 한 잔만 얻어 마실 수 없겠습니까? 지금 목이…… 몹시 말라서요."

"네."

긴장감을 늦출 순 없었지만 뒤늦게라도 깍듯하게 예의를 차리는 그의 목소리에 일말의 신뢰감이 생겨났다. 탁하지 않고 건강하고 맑은, 시원시원한 음색이었다. 김수철의 「자전거를 타고 하이킹을 떠나요!」라는 가사가 든 그 노래를 부르면 아주 잘 어울릴 것 같은. 방 한 켠에 있는 조그만 냉장고를 열고 시원한 보리차를 컵에 따라 그에게로 가져갔다.

"고, 고맙습니다."

내가 내미는 컵을 받아들고서야 그는 내가 앞을 못 본다는 사실을 알아차렸다. 일반인에 비해 등과 목을 꼿꼿이 하고 약간은 부자유스러운 듯 각지게 몸을 트는 나를 보고 눈치챈 것이리라. 나는 벽에서 스위치를 찾아 형광등을 켜고 지상이 반쯤 보이지만 커튼이 가려진 창문 쪽 책상을 향해 똑바로 걸어갔다.

물을 마시고 난 젊은 남자는 빈 컵을 손에 쥔 채, 책상 의자에 반듯이 앉아 시간이 지나기를 기다리고 있는 듯한 그녀를 유심히 쳐다보았다.

형광등 불빛에 드러난 그녀가 앞을 못 본다는 이유 때문일까. 범상치 않은 묘한 분위기가 그녀를 에워싸고 있었다.

그 자신의 느낌이지만 그녀 주위는 아주 고요하고 맑았다. 마치 그녀는 지하 방이 아닌 푸른 숲속에 혼자 앉아 있는 것 같았다. 조금도 흐트러짐 없는 자세는 애써 긴장을 감추고 있었으며 얼굴은 무표정했음에도 깨끗하고 평화로웠다. 162센티미터 정도의 키, 마르지도 살찌지도 않은 몸매, 어깨에 닿는 부드럽고 짙은 생머리. "어서 좀 나가주시지요!" 하고 차마 말을 하지 못해 마치 화가 나 있는 듯도 보이지만 그녀의 모습은 참으로 고와서 인상적이었다. 마치 화가 앞에서 몸을 모로 틀고 앉은 여자처럼 재석 자신을 향해 얼굴을 반쯤 돌리고 미동도 하지 않는 그녀. 약간 고개를 숙이고 있어 형광등 불빛을 받지 않는 그녀의 이마와 목 밑은 푸른 그늘이 져 있었다. 굳이 뜯어보지 않아도 그녀의 얼굴은 곱고 예뻤다. 반듯한 이마에 쌍꺼풀 진 눈과 긴 속눈썹, 코가 작고 앙증스러웠으며, 입술선이 깨끗하고 색이 붉었다. 갸름한 턱에 긴 목을 가진 흰 피부까지…… 아주 미인형이었다.

그런데 역시나 일반인과 다른 부분은 그녀의 눈동자였다. 흑단 같은 아주 까만 눈동자가 안쪽으로 깊이 박힌 듯 조금도 움직이지 않았다. 눈꺼풀만 깜박깜박 여닫히는 인형의 눈 같다고나 할까. 그녀의 눈은 여타 시각장애자의 눈과는 달리 아주 모양새가 예뻤다. 어떤 시각장애자는 동공이 찌그러졌거나 각막에 희뿌연 백태가 끼여 섬뜩해 보이기도 하지만 그녀의 눈동자는 외양상 이상이 전혀 없는 대신에 움직임이 없었다.

꿀꺽 하고 삼킨 마른침 소리가 크게 날 정도로 그는 자신과 나 사이의 침묵이 어색하고 무거웠던지 조심스럽게 입을 열었다.

"저어…… 혹시, 특수교육과에 다니십니까?"

"……네."

"아, 역시 그렇군요. 그러면 김정환을 잘 알겠네요. 특교과 3학년 학회장 말입니다."

"정환 선배님요? 네, 그렇습니다……만."

"핫하하. 제가 그 녀석하고 절친한 친구입니다. 그럼 말입니다, 지금까지의 결례를 다시 한 번 사과드릴 겸해서 절 정식으로 소개하겠습니다. 전 김재석이라고 합니다. 같은 D대학 인문대 국문과 3학년입니다. 그러고 보니 캠퍼스에서 언젠가 지나가시는 것을 두어 번 뵌 것도 같은데, 이렇게 도움을 받게 될 줄은 몰랐습니다. 오늘 정말 감사합니다."

"네. 전 이희연이라고 합니다. 2학년이고요."

그제야 나는 엷은 미소를 머금으며 목례를 하였다. 아직까지 완전히 경계심을 푼 것은 아니지만 그래도 어느 정도 신원을 알게 된 이상 필요 이상으로 경직될 필요는 없었다. 손목시계를 매만져 보는 사이 일말의 내 조바심을 눈치챈 그는 나의 외출 목적이 리포트를 학과장실에 제출하기 위해서라는 것을 알게 되었다. 그는 어차피 학교에 들어가야 한다며 자신이 리포트를 대신 갖다주겠다고 말했다.

"시간 넘긴 것은 염려 마십시오. 저 때문에 일어난 일이니까 제가 책

임지겠습니다. 핫하하하. 특교과 학과장실에 있는 대학원생 조교인 정
수환 선배도 제가 아주 잘 압니다. 지금 6시가 지났으니까 학과장실
문이 잠겼다면 제가 따로 정 선배에게 제출하겠습니다. 군말 없을 겁
니다. 그 선배 저한테 잘 보여야 하니까요."

"넷……? 그건 또 무슨 말씀이신지?"

"그 선배 요즘 석사 논문 준비중이거든요. 논문 자료실 열쇠를 제가
가지고 있는 바에야 뭐 어쩌겠습니까. 핫하하…… 아, 제 말이 잘 이
해 안 가는가 본데…… 네, 거두절미하고 전 야간에 도서관 전체를 혼
자 쓰고 있는 사람입니다."

"아…… 그러면 근로장학생이시란 뜻인가요?"

"장학생이란 말은 좀 그렇고…… 말씀은 맞습니다. 밤 11시에 도서
관 문을 잠그고 새벽 5시에 문 여는 일을 제가 하고 있지요. 잠을 도서
관 숙직실에서 잔다는 거죠. 희연 씨도 앞으로 필요한 서적이나 논문
이 있으면 언제든지 말씀하십시오. 점자도서관만큼 점자 서적과 논문
이 그리 많지 않더라도 희연 씨한테만은 점자 서적 공간을 전용으로
쓰실 수 있게끔 제가 완전 개방해 드리겠습니다."

"풋! 그러세요?"

"네. 도서관 티어로 이 년 동안 있다 보니 그 정도 융통성은 생겼습
니다. 이제야 드리는 말이지만 오늘 저 정말로 운좋았습니다. 제가 조
금 전 그 녀석들한테 재수 없게 잡혔다고 생각해 보십시오. 희연 씨 방
문이 잠겼었다면 전 오늘 완전히 닭장차에 실려가 내일부터 학교도 못

다니는 사단이 일어났을 수도 있었습니다. 그 끔찍한 사태에서 희연 씨가 절 구해주신 겁니다."

"별말씀을요. 그냥 전 이렇게 가만히 있었을 뿐인데요."

"하여튼 이 감사함만은 두고두고 갚겠습니다. 우선 그 리포트부터 주십시오. 문이 열렸다면 제가 한달음에 달려가 학과장실에 제출하지 요."

"아니에요. 제가 해도 돼요."

"달라니까요. 그놈들 때문에 빨리 달리는 데는 제가 이미 일가를 이루었다니까요. 어서 주세요. 하하하."

그는 나에게서 점자 리포트를 빼앗듯이 받아들고 인사를 하고는 탄력 있는 스프링처럼 기분 좋은 소리를 내며 내 공간 문을 열고 나갔다. 그 속도로 빠르게 계단을 뛰어올랐던 그의 발소리가 이내 내 귀청에 이명만을 남기고서 사라졌다.

그날 그 우연찮은 사건이 내가 재석 씨를 만나게 된 계기였다.

기다리는 아이

"희연아! 너 빨리 서클 룸 건물 입구로 가봐. 울고불고 난리가 났다."

"누, 누가?"

"진철이!"

"진철이? 아니, 진철이가 왜?"

"글쎄, 빨리 가보라니깐!"

나는 하던 일을 멈추었다. 사범대 빈 강의실에 남아 수업 시간 중 교수님의 강의 내용을 녹음한 녹음기를 틀어놓고 점자지에 옮겨 적던 중이었다. 그렇게 말해 준 같은 학과 친구는 바쁜지 어디론가 휭하니 뛰어가 사라지고 없었다. 황급히 가방을 챙겨 어깨에 메고 사범대 건물 2층에서 1층으로 내려가는 계단을 빠르게 밟았다. 1986년 6월 2일. 시간은 밤 9시가 돼가고 있었다.

사범대 1층 중앙 홀을 빠져나와 왼쪽 본관 쪽으로 가는 보도블록을 밟고 걸었다. D대학 대명동 캠퍼스 정문 근처였다. 내가 걷고 있는 곳으로부터 백여 미터 떨어진 곳에서 엉엉엉, 소리 내 우는 진철이 목소리가 가늘게 들려왔다. 운동장을 가로지르는 게 빠른 길이지만 운동장에는 십여 명의 학생들이 축구공을 차고 있었기 때문에 부딪칠 위험성이 컸다. 나는 허둥거리는 표정으로 귓바퀴에 신경을 집중해 아이 우는 소리가 들리는 쪽을 향해 빠르게 걸어갔다.

D대학은 전국에서 특수교육학과가 유명하다. 한국사회사업대학으로 출발한 D대학의 모태가 특수교육과였을 만큼 우리나라 대학에서 가장 먼저 장애아 교육을 담당할 교사들을 배출시켰고 양성시켜 온 곳이다. 까닭에 경산 캠퍼스가 따로 있지만 인문대와 사범대만이 남은 대명동 캠퍼스는 특수교육의 요람이라고 할 수 있었다. 그리 넓지 않은 대명동 캠퍼스 안에 다섯 개의 특수학교가 같이 자리하고 있었다. 정신지체 아동과 학생들을 대상으로 하는 보명학교, 언어지체 학교인 영화학교, 소아마비와 뇌성마비 아동과 학생들이 다니는 보건학교, 그리고 자폐증을 앓는 학생들이 다니는 정서장애 학교인 선화학교, 그리고 시각장애 아동과 학생들이 다니는 광명학교가 있다.

진철이는 보명학교 초등부 3학년에 다니는 학생이다. 집이 바로 대학교 근처이고 엄마가 D대학 후문 가까이에 있는 대명시장에서 채소 파는 일을 한다. 그렇기 때문에 진철이는 아침부터 밤늦게까지 대명동 캠퍼스 안을 쏘다녀서 D대학을 다니는 대학생이고 교직원이고 간에 아이를 모르는 사람이 없다.

진철이는 몽고리즘이다. 몽고리즘은 보통 IQ가 30에서 50 사이이며 정신지체를 수반한다. 몸과 독특한 그 얼굴 생김새가 전 세계적으로 거의 유사하다. 키가 작고 얼굴과 몸이 납작하다. 손가락이 아주 짧고 통통하다. 그리고 눈이 귓바퀴 위쪽을 향해 찢어졌으며 코가 뭉툭하고 입술이 아주 크고 두툼하다. 보명학교 초등부 3학년이고 키가 그 정도밖에 안 되지만 진철의 실제 나이는 열아홉 살이다. 그는 대명동 캠퍼스 곳곳을 아침부터 밤늦게까지 쏘다니면서 사람 좋게 늘 웃는 얼굴로 인사 잘하는 싹싹함만으로도 아주 유명하다. 그는 대학 총장은 물론이고 머리 희끗한 원로 교수, 교직원 그리고 대학생 가릴 것 없이 모두에게 반말을 한다.

"안녕!" "그래. 진철이 어디 가냐?" "히이, 저기!" "밥 먹었어?" "응. 너는?" "나도 먹었다. 잘 가라!" "그래. 빠빠이!" 이런 식이다. 아마도 추측건대 진철의 정신연령은 대여섯 살 정도일 것이다. 총장님이나 백발의 교수님들에게조차 태연자약하게 반말을 쓰는 걸로 아주 유명하지만 그를 더욱 유명하게 만든 건 그에게 아주 독특한 버릇 내지는 딱 부러진 고집 같은 습성이 하나 있기 때문이다.

진철이는 여자를 아주 좋아한다. 그것도 예쁜 여대생을 보면 그냥 그대로 홀려버린다. 매번 첫눈에 상대를 가리지 않고 예쁘기만 하면 그냥 반해 버린다. 헤벌쭉 입을 벌리고 마냥 즐겁고 좋은 표정으로 진철이는 맘에 드는 여대생 뒤를 무작정 졸졸졸 따라간다. 학교 근처 카페나 식당까지 따라가고, 어떤 때는 강의실 안까지 따라가 그녀 뒤에 슬그머니 앉다가 추방당하는 게 그의 주요 일과 중 하나였다. 특수교육과 학생들 쪽은 당연히 그의 습성을 이해하지만, 인문대나 사범대 같은 다른 학과 여학생들인 경우 처음엔 너나할것없이 기겁하게 마련이다. 미니스커트를 입고 책을 가슴에 싸안고 뾰족구두를 신고 예쁘게 걷고 있는데, 뒤에서 "으힛! 으힛히!" 하는 소리를 내면서 헤벌어진 입가에 웃음을 질질 흘리며 마냥 좋아 자신을 끈질기게 따라붙는 정신지체 아동(실제 그의 나이는 아동이 아니지만 그의 키와 순한 얼굴 표정은 영락없이 아동이다)을 생각해 보라. 놀라는 것은 너무나 당연하다. 그러나 이내 그의 순하고 맑은, 악의라곤 전혀 없는 표정을 보게 되면 조금 귀찮고 성가시긴 하지만 아이가 자신에게 위협적이라거나 무서운 대상이 아니라는 것을 깨닫게 된다.

진철이는 예쁜 여대생 말이라면 무조건 믿는 행동 양태를 갖고 있다. 예를 들어, 강의실 안으로 들어오려는 진철이와 마찰을 일으키지 않고 정상적인 수업을 진행하려면 교수님이 아니라 진철이를 홀렸던 (?) 그 여대생의 말만이 그에게 주효했다. "진철이 너, 강의실에 들어오지 말고 요 앞 현관 있지, 거기 가서 기다려. 그러면 좀 있다가 내가 수업 마치고 너 보러 갈게!" 하고 상냥하게 그녀가 말하면 그는 꼬마 병정처럼 군말 없이 단번에 그렇게 행동한다. 그녀가 수업을 마치고 진철이한테 가서 잠시 얘기를 나누다가 아이에게 집으로 가라고 하면 다행이지만, 개중의 여대생들 중에는 그러는 것조차 싫거나 잊어버리고 다른 문으로 사라져버릴 때가 있다. 그러면 문제가 된다. 진철이는 밤 12시가 되어도 그녀가 말한 그 자리에 서서 마냥 그녀를 기다린다. 밤이 되고 새벽이 가고 아침이 올 때까지 그 자리에 서서 그녀를 기다릴 태세다. 그의 엄마가 밤 10시쯤 모든 일이 끝나면 가게를 정리하고 아이를 찾으러 캠퍼스로 나온다. 물론 엄마는 저녁 먹을 시간이 되면 아이에게 부랴부랴 저녁을 먹이지만 그 뒤에는 생업에 바빠 아이에 게 전혀 신경을 쓰지 못하는 게 사실이다. 엄마로선 아이가 위험한 차도가 아니라 바로 집 근처인 캠퍼스 안을 누비고 다니는 게 차라리 속 편했다. 진철이에겐 고등학교 두 개 정도 넓이의 대명동 캠퍼스가 하나의 커다란 놀이터이고 세상이기 때문에 그가 캠퍼스를 벗어나는 일은 거의 없다. 남자 대학생들과 벤치에 앉아 얘기를 하거나 자판기에서 캔 음료나 우유를 얻어 마시기도 하고, 때로는 단팥빵을 뜯어 먹으며 축구공 차는 형들의 가방을 지키고 앉아 있기도 한다. 언제나 싱글벙글 웃는 얼굴이고 인사성이 밝아 진철이는 대명동 캠퍼스의 마스코트 같은 존재였다. 하지만 속없는 착한 바보가 분명한 그를 모두가 좋아하는 것만은 아니었다. 대학생들 중 일부는 그를 노골적으로 바보 취급하거나 아무런 거리낌 없이 악의적으로 곯리는 일도 가끔은 일어났다.

내가 대학 새내기였을 때, 진철이가 이틀 동안 보이지 않아 그 아이 엄마가 울고불고하면서 아이를 찾아 헤맸던 적이 있다. 진철이는 보건학교와 도서관 사이 아주 협소한 건물 틈에 쪼그려 앉아 잠든 상태로 발견되었다. 무책임하기 짝이 없는 짓이었다. 아마도 어떤 예쁜 여대생이 토요일 저녁 진철이를 그곳에 데려다 놓고 "누나가 꼭 너 데리러 올게. 그때까지 기다리고 있어야 돼. 꼭! 알았지? 자, 약속!" 하고 새끼손가락을 걸었을 것이다. 하지만 그녀는 그냥 집으로 돌아갔고 일요일 그리고 월요일 아침까지 편안하게 잠들었다가 일어날 때까지 진철이를 까마득하게 잊고 있었을 것이다. 하지만 그 아이는 그녀가 오기만을 기다리며 그렇게 이틀을 꼬박 그곳에 있었던 것이다. 엄마 애간장을 다 녹이고 자신의 배를 쫄쫄 굶겨 가면서 말이다. 그 이야기를 아는 사람은 그리 많지 않지만, 진철이는 바로 그런 아이였다. 그런 진철이를 내가 개인적으로 알게 된 계기가 있었다.

사범대 지하실에 피아노실이 있다.

나는 어릴 때부터 엄마에게 피아노를 배웠다. 서울 국립맹학교에 다닐 때도 피아노를 좋아해 연습을 많이 했기 때문에 아주 잘 치는 편이다. 마음이 울적하거나 답답하면 때때로 혼자 피아노실로 가 피아노를 연주했다.

지난해 9월 말경이었다. 피아노를 열심히 연주하던 나는 귓가에 들이대고 말하는 듯한 누군가의 목소리에 놀라 열 손가락이 건반 위 허공에서 딱 멈추었다.

"히잇! 잘 치네."

"누……누구?"

“나? 힛히히. 나는 진철이. 더 쳐봐!”

“아…… 진철이.”

악의 없는 순진무구한 그의 목소리를 듣고 그제야 환한 미소를 머금었다. 진철에 대한 전설적인 얘기를 특교과 새내기인 나 또한 익히 들어 알고 있었기 때문이다. 만나보고 싶었는데 이렇게 내 옆으로 와 서 있기까지 하자 나는 오히려 그런 그가 더없이 반가웠다.

“으힛히히. 예쁘다.”

“누가? 내가?”

“응.”

“정말?”

“응. 히히히.”

“기분 좋은데!”

“나도 좋아. 히히.”

잠시 뒤 진철이와 나는 대명시장 안 한 만두 가게에 앉아 있었다. 며칠 뒤 우리 두 사람은 김밥 가게에 가 있었고, 어떤 날은 학교 벤치에 앉아 학교 매점에서 사온 아이스크림을 같이 녹여 먹고 핥아 먹었다. 진철이와 얘기하는 게 정말 재미있고 즐거웠다. 진철이는 언제나 깨끗한 백지 같은 아이였다. 기쁘면 기쁘다고 곧바로 표현했고, 즐거우면 그 즐거움의 높이만큼 큰소리로 웃었다. 나도 덩달아 즐거워졌다. 슬프다든지 우울하다든지 외롭다든지 하는 기색이 그에겐 전혀 없었다. 그는 언제나 기쁨과 즐거움으로 다가왔는데 그건 내게 새로운 경험이었고 놀라움이었다. 마치 리트머스 시험지처럼 그 아이는 기쁨과 즐거움은 온몸으로 빨아들이지만, 세상 걱정이나 슬픔·아픔·눈물 같은 것은 전혀 스며들지 않는 듯 언제나 밝고 유쾌했다.

진철이는 처음부터 나를 아주 잘 따랐다. 진심으로 대해 주고 진심으로 좋아해 주는 내가 다른 여대생보다 더 좋았을 것이다. 그렇게 진철이가 나와 본격적으로 가까워지고 난 뒤 그 아이에겐 또 하나의 작은 습성이 생겨났다. 이제까지 그 아이 특유의 고집을 꺾을 수 있는 사람은 엄마뿐이었다. 그러나 어느 날부터 대명동 캠퍼스 내에선 내가 그 역할을 할 수 있게 되었다.

진철이는 예쁜 여대생이 시키는 대로 말을 잘 듣지만 다른 사람이 와서 "그렇게 하지 마!" 하고 말하면 그저 웃기만 할 뿐 절대로 자신이 유지하고 있던 행동과 고집을 꺾지 않았다. 그런데 언젠가부터 내가 가서 "진철아, 아직까지 거기 있으면 어떻게 해? 어서 집에 가서 깨끗이 씻고 자. 그래야지 내일 또 우리가 볼 수 있지!" 하고 말하면 진철이는 기꺼이 포기를 하였다. 그 어떤 예쁜 여대생이 "거기서 기다리고 있어라!"라고 속삭였어도 내가 부드럽게 손을 잡고 흔들며 얘기하면 진철이는 이내 외통수인 황소고집을 꺾고 집으로 순순히 돌아갔다. 진철이가 유일하게 내 말을 듣는다는 게 특수교육과 학생들 사이에 퍼지게 된 이후 오늘처럼 진철이에게 특별한 일이 생기면 학생들은 너나할 것없이 나부터 찾았다.

"진, 진철아 어딨니?"

"어? 나 여깄어."

진철이는 목에 남은 울음을 꿀꺽 삼키면서 가까이 다가온 나를 맞았다. 그가 서 있는 곳은 4층 건물, 서클 룸들이 2층부터 줄지어 들어찬 건물 입구 중앙이었다. 아이는 양팔을 십자가처럼 벌리고 외발로 서 있었다. 틀림없이 어느 고약한 여대생이 아이를 곯리기 위해 그렇게 서서 자신을 기다리라고 한 모양이었다.

"왜 울어? 맞은 거야? 진철이를 누가 때렸어?"

진철이는 내 물음에 몇 개의 서러운 단어를 입 밖으로 뱉어냈다. 긴 문장을 나열하지 못하는 그의 단순한 어투로도 충분히 짐작할 수 있었다. 아마도 오늘 일진이 사나웠던 남자 대학생 중 한 사람이 서클 룸을 빠져나오면서 입구에 서 있는 진철이와 맞부딪치자 화가 났을 것이다. 아이에게 비키라고 했지만 그래도 학처럼 서서 길을 떡 가로막고 있자 사나운 성격이 틀림없을 그 대학생이 아이 머리를 세차게 주먹으로 쥐어박거나 발로 걷어차고 어디론가 씩씩거리며 가버린 모양이었다.

"가자."

"응?"

"집에 가자고."

"으응, 근데……."

"왜? 누가 맛있는 거 사준댔어? 여대생 누나가?"

"응."

"뭐?"

“찐빵.”

“찐빵? 진철이 배고팠던 모양이구나. 누나가 사줄게.”

“정말? 힛히……”

진철이가 신이 난 목소리로 벌렸던 양팔을 접고 들었던 한쪽 발을 땅에 내려놓는 찰나였다.

“야하, 이 자식! 아직도 안 갔네. 임마! 너 더 맞아야 정신 차리겠어. 얼른 썩 꺼지지 못해!”

서클 룸 아니면 정문 근처 음식점에서 이미 웬만큼 술을 마신 남자 대학생이었다. 소주 냄새가 진동했다. 불쾌한 기운이 음색에 잔뜩 배어 있는 그는 무엇엔가 이미 열을 받을 대로 받은 듯 곧장 진철이 쪽으로 성큼성큼 걸어오며 아이를 다시 한 대 후려칠 기세였다. 진철이가 무섭다고 단말마 소리를 지르며 내 뒤쪽으로 재빠르게 숨었다.

“이, 이봐요!”

“뭐야?”

“아니, 아이한테 뭐 하는 짓이에요? 애를 왜 때려요?”

“나 원 참! 이건 또 뭐야? 어라! 자, 장님 아냐. 정말 오늘 재수 옴 붙었군. 이래서 내가 이놈의 학교 다니기가 싫어. 오나가나 전부 다 갖가지 병신이 거치적거리는 게 무슨 놈의 대학이야?”

“뭐, 뭐라고요? 이보세요. 어떻게 그렇게 말씀을 할 수가 있어요? 당장 사과하세요!”

나는 분노 때문에 온몸이 떨렸다. 나뿐만이 아니라 시각장애자 모두가 타인에게 '장님'이나 '봉사'란 말 듣는 것을 아주 싫어한다. 장님한테 장님이라고 하는데! 봉사에게 봉사라고 하는데 듣기 좋고 싫고가 어딨어? 하는 사람이 있겠지만 그건 신체적인 약점으로 인간을 비하하는 아주 비열한 호칭이다. 예를 든다면, 머리 벗겨진 사람이 있다면 그 사람의 이름이나 다른 일반적인 호칭을 놔두고 굳이 "이봐요 대머리 양반!"이라고 부르거나 어떤 사람의 코가 들창코라고 해서 "어이! 돼지코!"라고 부르는 것과 별반 다르지 않다.

"사과?"

"네. 나하고 때린 이 애한테 사과하라고요."

"그래, 너 사과해."

"어쭈, 저 머저리 녀석까지 거드네? 야하, 정말 니네들 웃긴다. 쌍으로 웃기고들 있어. 이것들을 그냥 확! 야! 너희들 까불지 말고 얼른 꺼져. 나 오늘 기분이 무지 안 좋거든. 좋은 말로 할 때! 씨발, 기분이 점점 더러워지는걸. 그래도 내가 참아야지. 에잇, 퉷!"

그는 걸음을 옮겨 지나치려 했다.

"이보세요! 그냥은 절대 못 가요. 사과하세요. 그러면 우리도 가죠."

"이, 이게 미쳤나. 앞이 안 보이니 사리분간까지 못하는구먼. 야! 내가 까놓고 얘기해서 그렇지 너희들 둘 다 병신 맞잖아. 넌 장님이고, 애는 정신박약인 바보 멍텅구리고. 안 그래? 사실이잖아. 병신을 병신이라 그러는데 대체 뭘 사과하라는 거야?"

일순 머릿속이 하얗게 비워지는 느낌이었다.

　지금까지 살아오면서 이렇게 면전에 대놓고 막말을 하는, 몰상식하고 치졸하고 패악스럽기까지 한 젊은 남자 대학생을 나는 처음 대하고 있었다. 무엇인가 꽈배기처럼 마음이 배배 꼬인 그가 술을 마시고 화풀이 대상을 찾다가 사회적으로나 신체적으로나 가장 약자인 장애 가진 사람에게 분풀이를 하고 있었다.

　"나쁜…… 인간!"

　"뭐야? 나, 나쁜 인간?"

　"당신 대학생인 거 같은데, 어떻게 당신 같은 인간이 대학생이 될 수 있는지……! 알았어요. 됐어요. 더 이상 말 상대할 가치조차 없군요."

　"뭐, 뭐야? 이 병신년이 진짜로 미쳤나? 안 그래도 이 엿 같은 대학 때려치울까 하던 차였는데. 어디 이것들 좆나게 패버리고 개 값 물어주고 나가버려? 엉!"

　술 취해 비틀거리기까지 하던 그 남자 대학생 손이 어깨 뒤로 휙 들어올려졌다. 누군가 그의 우악스런 손목을 단번에 낚아채 그 남자 허리 뒤로 잡아내려서는 위로 꺾어올렸다.

　"으으윽, 어, 어라! 아니, 넌 또 뭐야?"

　"이러심 안 되죠. 학교 안에서 추태를 부리시면."

　"놔! 너, 이 손 못 놔? 엉?"

　"대학생 맞습니까?"

　"맞다. 새끼야!"

　"본 적이 없는 것 같은데…… 그럼 야간 대학생입니까?"

"그렇다, 이 새끼야. 근데 너 정말 이 손 안 놓을래? 너 이러다가 오늘 뒈진다. 너 내가 누군지 아직 모르는 모양인데, 나 한 번 가면 끝까지 가는 놈이야!"

"핫하하. 그러지 말고 우리 좋게 삽시다. 약한 사람들 괴롭히지 말고."

"으윽! 윽! 야……야! 너, 너, 으윽……. 정말 이거 안……놔? 못 놔?"

"성렬아, 진혁아! 이 친구 어디 조용한 데 모셔가서 술 좀 깨게 해드려라. 캠퍼스 안에 아직도 이런 친구가 있었나? 정말 같은 학교 학생인 내 자존심까지 상처 입을 정도구먼."

행패를 부리던 그를 두어 명의 젊은 대학생들이 캠퍼스 밖으로 끌려나가는 소리가 왁자지껄하게 들렸다가 점차 잦아들었다.

"희연 씨, 괜찮습니까? 진철아, 너도 어디 다친 데 없어?"

그였다. 김재석이란 사람이었다. 수치와 모멸감, 분노가 범벅이 된 그 순간에 나타난 사람이 재석임을 진작부터 알아차렸다. 창피하기도 했지만 내심 안도의 한숨을 내쉬었다. 까딱 잘못했으면 깡패나 다름없는 무뢰한인 그 사람한테 단단히 봉변을 당할 뻔했기 때문이다.

"고맙습니다."

"고맙긴요 뭘. 제가 더 빨리 봤더라면 좋았을 텐데. 참, 진철아, 우리 저녁 먹으러 가는 중인데 너도 같이 갈래?"

"그래."

"좋았어. 희연 씨도 같이 갑시다. 바로 요 앞이거든요. 맷돌식당!"

"아뇨, 전 됐어요."

"핫하하, 그러지 말고 같이 갑시다. 척 보아하니 아직 저녁 전이신 거 같은데……. 희연 씨, 맷돌식당 파전 맛 아직 못 보셨죠? 정말 끝내줍니다. 얼큰한 해물탕도 환상이고요."

내가 주저하자 재석은 결례를 용서하라며 갑자기 내 손을 덥석 쥐고는 정문 쪽을 향해 잡아끌었다. 반대쪽 손까지 진철이가 잡아끌자 나는 그제야 고개를 끄덕였다.

맷돌식당 방 안에는 십여 명의 사람들이 이미 앉아 기다리고 있었다. 모두 인문대 학생회 소속 학생들이었다. 그 사람 옆에 앉은 나는 그를 통해 여러 사람을 소개받았다.

"희연 씨, 바로 앞에 파전 있습니다. 드시기 좋게 칼로 썰어 놓았거든요? 그리고 희연 씨 오른쪽에 물컵 있구요. 파전 바로 옆에 간장 있습니다. 맛있게 찍어 드세요."

"네, 고맙습니다. 전 신경 쓰시지 않아도 돼요."

"핫하하하. 자리가 약간 낯설더라도 편안하게 생각하십시오. 그리고 진철이 너도 많이 먹어라."

"그래, 너도 많이 먹어."

"핫하하하. 그래, 진철이한테 막걸리는 좀 그렇고. 진철이 너 콜라가 좋냐 사이다가 좋냐?"

"코올라!"

"아줌마, 여기 콜라 한 병 주세요. 자, 우리 모두 건배합시다."

그의 제안에 따라 십여 명의 대학생들이 막걸리 잔을 들었다. 진철이는 콜라가 오기 전이었으므로 물컵을 들었고, 나 또한 막걸리 잔을 엉거주춤한 자세로 들었다. 그들은 파쇼정권 타도와 민중 구호를 힘차게 외친 뒤 막걸리 잔을 단번에 들이켰다. 나는 그 자리에서 재석이란 사람이 인문대 학생회장이란 사실을 처음 알았다. 리더십이 스민 그의 목소리엔 신념과 열정이 배어 있었다. 그들의 대화는 난상토론 형태였다. 누군가 먼저 폭압적인 시대에 대해 울분을 토하자 그 얘기는 '대학생의 시대적인 사명이 무엇이냐?' 라는 것으로 곧장 연결되었다. 어떻게 이 불의하고 엄혹한 정치적 사회현실을 타개해 나갈 것인가에 대해 학생들은 열띤 논쟁을 벌였다. 나는 조용히 듣고만 있었다. 논쟁에 있어 재석 그 사람이 단연 발군이었다. 그가 학생회 소속 간부들에게 말하는 얘기는 논리정연하고 힘이 있어 설득력이 강했다. 학생회 간부들인 그들이 학생회장인 그를 진심으로 존중하고 따르고 믿는다는 것을 느낄 수 있었다. 이윽고 밥이 들어오고 커다란 냄비가 상마다 얹혀지자 그제야 식사 분위기로 바뀌었다.

"희연 씨, 얘기가 좀 딱딱했지요? 어쨌든 많이 드십시오. 방금 드신 해물탕 맛이 어때요?"

"아, 네에, 참 시원하네요. 담백하고요."

"그렇죠? 밥도 많이 드십시오. 모자라면 아예 한 그릇 더 시킬까요? 가만있어 보세요. 앞에 무채 이것도 드셔보세요. 전 이거 하나로도 그냥 밥 한 그릇 뚝딱입니다."

반찬 그릇을 내 가까이 당긴 그는 젓가락을 쥐고 있는 내 손을 잡아 그릇 위치를 가늠할 수 있도록 젓가락을 대주었다.

"아, 아뇨. 됐어요. 이 탕으로도 충분해요."

"어? 우리 회장님, 희연 씨한테 정말 너무 신경 쓰신다?"

"학술부장님, 왜 또 그러시나? 귀빈을 모셨으면 서빙까지 책임지는 건 당연한 일 아냐?"

"그래도 무지 티 나잖아요. 전혀 안 그러다가 그러시니깐."

"아이고, 진희 씨, 진짜 질투하는갑다."

"그럼요, 나도 여잔데! 그리고 체육부장님은 고만 신경 꺼주시면 감사인데요?"

"어라! 저 가시 눈빛! 핫하하. 이젠 정말 대놓고 회장님 쪽으로 질주하는 거 같아요. 충돌 위험이 있습니다."

"글쎄 체육부장님 쪽은 전혀 아니니까 걱정 마세요."

새침한 그녀 말에 방 안에서 반주를 곁들인 식사를 하던 대학생 십여 명이 전부 왁자지껄하게 웃었다.

그날 밤 늦게까지 잠을 못 이루었다.

그 사람 때문이었다. 그가 남긴 손의 감촉과 내게 말한 말들이 내 안에 그대로 남아 있었다. 내 안에서 빛을 잃지 않고 반짝거렸다. 그런 일말의 조짐은 지난달 그가 내 방에 갑자기 들이닥치고 난 뒤 신기루처럼 홀연히 사라져 버린 뒤에도 조금은 남아 있었다. 유쾌하고 자신감에 찬 젊은 남자의 목소리……. 나는 앞을 못 보기 때문에 모든 사람의 첫인상은 그 사람의 목소리로 구분했다. 그때도 건강함과 반듯함이 그의 목소리에서 느껴졌다. 그런데 오늘 그와의 전혀 애기치 못한 식사 자리는 어떠했던가. 인문대 학생회장이란 직책이 암시하듯이 그는 분명히 운동권에 속한 대학생이었다. 같은 대학생이지만 운동권 학생들은 나와는 다른 느낌이었다. 시대적인 무거운 짐을 어깨에 진 탓일까. 대부분 목소리엔 핏발이 서 있거나 혼자 이 어두운 시대를 뚫고 가고 있다는 고뇌와 괴로움이 과중하게 스며 있었다. 끊임없는 혼돈과 혼란스런 시대 상황 속에서 목표를 향해 정확한 행동을 실행시키기 위해 평상시에도 어금니를 콱 깨문 비장함이 스며 있는 게 보통이었다.

나는 암울한 동시대에 청춘을 함께하는 같은 대학생으로 학생시위를 주도하는 운동권의 이념과 행동에 대해 충분히 공감하고 있었다. 독재정권이 총과 칼로 국민들을 위협하는 이 시대에 피가 끓는 대학생들만이라도 옳은 소리를 하고 옳은 것을 위해 떨쳐 일어나 저항하는 것에 대해 그 누가 그르다고 말할 수 있겠는가. 분명히 대의가 옳다. 하지만 운동권 대학생들 중 일부가 목적을 위해 모든 수단이 허용된다고 생각하는 것은 도저히 납득할 수 없다.

작년 늦가을 어느 날이었던가.

참된 세상을 꿈꾸며 모든 민중이 인간다운 삶을 누리게 되는 그날을 실현시키려 몸을 던져 행동한다는 운동권 학생들에 대해 일말의 회의를 가졌던 적이 있다.

　그날은 기말시험 기간이라 시위에 참가한 학생들 수가 그리 많지 않았다. 그러자 운동권 학생 중 한 사람이 핸드마이크를 들고 많은 학생들이 점심을 먹고 있는 구내식당에 뛰어들었다. 그는 실내가 쩌렁쩌렁 울리도록 외쳤다. "한 끼 밥 안 먹어도 안 죽는다! 잠시의 배를 불리는 밥이라면 먹지 말자! 훗날 진정한 자유가 스며 있는 참된 밥을 먹기 위하여 오늘 이 한 끼의 밥은 먹지 말자! 그러기 위해선 우리 학우들이 지금 식판을 내려놓고 짱돌을 들고 파쇼정권을 깨부수기 위해 강철의 어깨로 단합해 거리로 떨쳐 나서자!"는 요지의 웅변이었다. 그것까지는 좋았고 공감할 수 있었다. 그러나 그 사람이 도서관까지 뛰어들어 학생들이 책을 펴놓고 공부하는 책상 위로 뛰어 올라가 "여러분! 부끄러운 줄 아십시오! 여러분은 공부해서 지금 일신의 사리사욕만 채우려는 겁니까? 현 시점에서 토플을 공부해 국가고시를 치는 게 파쇼의 개가 되겠다는 것과 뭐가 다릅니까? 말해 보십시오! 우리는 아직 독립되지 않았고, 진정한 해방도 되지 않았으며, 민주주의도 이루지 못했습니다. 그런데 자기 혼자 잘 먹고 잘살기 위해 학점과 시험 따위에 매달리십니까? 그런 비겁한 짓은 지금 이 순간에도 고통받는 대다수의 민중을 외면하는 몰염치하기 짝이 없는 짓입니다. 학우들이여! 떨쳐 일어나십시오! 나가서 광주학살의 원흉인 이 불의의 정권에 당당하게 맞서 한 손엔 짱돌, 한 손엔 화염병을 드십시오! 그것이 지금 우리가 치러야 할 성스러운 전투입니다. 시대적인 우리의 과제이자 몫입니다!"라고 쩌렁쩌렁하게 외치는 얘길 들었을 때 마음 깊은 곳에서 고개를 크게 갸웃했었다. 그의 말은 하나의 대의(大義)를 위해 개인의 모든 것은 하찮고 보잘것없다는 식으로 폄하하는 우를 범할 수 있었기 때문이다.

학생들은 짱돌을 들고 거리로 나갈 자유도 있지만 공부를 할 수 있는 자유도 마땅히 존중받아야 한다. 군사정권을 끝장내는 큰 뜻을 이루기 위해선 모두가 힘을 합쳐 투쟁의 대열에 서야 한다는 시대적 명분이 젊은이들에게 분명히 있긴 하지만 모두가 그 길로만 매진해야 한다는 것 또한 군사문화가 파생한 또 하나의 전체주의이며 집단주의적인 가치가 아닐 것인가. 민주주의는 다양성 위에서 각자가 추구하는 꿈들이 조화롭게 피어날 때 그것이 진정한 민주국가일 것이다. 그러나 학습과 논쟁을 통해 사회와 나라의 모순을 파헤치고 자신의 한 몸을 던져 올바르게 세상을 수정시키려는 열망과 열정을 가진 운동권 학생들이 만약 이런 내 생각을 알았다면 그들은 당장 내게 이렇게 말할 것이다.

"우리나라는 민주국가가 아니다. 국민이 주인인 나라가 아니다. 국가란 무릇 주체적인 독립된 정신으로 운영되고 국민 모두가 자유로이 말하고 생각하면서 행복한 삶을 추구하는 사회 체제가 구축되어 있어야 한다. 그러나 현실을 직시해 보라. 우리나라는 이념에 의해 강대국의 손으로 분단되었으며, 미국으로부터 정치·경제·문화적으로 완전히 예속되어 있지 않는가. 강대국들에 의해 허리가 두 동강 난 조국은 여전히 분단돼 있지 않은가. 군부독재 통치가 수십 년간 자행돼 오고 있지 않은가. 그런데 어떻게 우리가 민주국가이고 민주 국민이란 말인가. 그래서 이제라도 우리 손으로 이 세상을 바꾸어야 한다. 우리 스스로 진정한 자유와 민주의 주인이 되길 원한다면 서로의 힘을 모아 단단히 결속시켜 투쟁해야 한다. 그리고 적이 너무나 분명한 이상 우리는 기필코 싸워 이겨야 한다. 그래서 다음 세대에게 우리가 지금 겪고 있는 이 치욕과 굴종의 현실을 더 이상 넘겨주어선 안 된다. 모든 굴욕적인 비민주와 사회악을 끊임없이 창출하는 이 폭압적인 군사정권부터 타도하는 것이 선결 과제고 목표다. 그래서 남북이 통일된 새로운 세상이 도래할 수 있도록 우리 모두 이 시점에서 기폭제가 되어야 한다. 그것이 당대를 대학생으로 사는 우리들에게 주어진 사명이고 피할 수 없는 숙명이며 의무이다! 진정 그렇지 않은가? 그대! 피끓는 푸른 청춘을 살고 있다면 이쪽도 저쪽도 아닌 행동 없고 실천 없는 회색인으로 비겁하게 눈치 보며 살지 마라. 우리가 꿈꾸는 세상! 그날이 올 때까지 우리 투쟁의 전선에서 동지의 이름으로 만나자! 우리들의 만남과 서로를 부둥키는 어깨는 강철연대를 이룰 것이다. 지금 당장 자리를 박차고 일어서라! 그리고 먼 길을 나서는 장엄한 첫 걸음을 떼라! 군사정권이 괴멸되는 그날까지 투쟁의 전선에서 우리 함께 당당한 선봉이 되자!"라고 말이다.

그렇게 신념과 확신에 차서 얘기한다면 어떤 말로 반박하고 대항할 수 있겠는가. 여지없이 목이 움츠러들 것이다. 그런 얘기를 듣고 그 길로 나서지 못한다면 스스로의 비겁함과 부끄러움을 탓할 수밖에 없는 것이 현재 대학가에 팽배한 분위기였다. 까닭에 운동권에 속해 있지 않은 일반 대학생들이나 나는 어쩔 수 없이 부끄러움을 느낄 수밖에 없었다.

사랑? 이런 폭압적인 시대에 무슨 사랑 타령이냐? 그딴 건 배부른 부르주아나 하는 것. 골빈 놈들이나 하는 것. 청춘의 고뇌나 행동 없이 청춘의 단물만 빨아먹으려는 기생충 같은 놈들이나 하는 짓. 우리가 마시고 사는 공기가 자유롭지 않은데 사랑은 무슨 개뿔?

나는 언젠가 밤에 캠퍼스를 걷다가 잔디밭에서 막걸리를 마시며 이 엿 같은 시대에서 사랑 운운하는 인간들에 대해 비분강개하는 일군의 운동권 학생들의 애기를 들은 적이 있다. 참으로 섬뜩하기도 하고 슬 프기도 한 애기였다. 청춘들이 나누는 뭇사랑이 기생충으로 애기되는 시대에 살고 있다는 사실이 슬펐던 것이다.

지금, 누군지 모를, 운동을 하는 그 대학생 애기는 일견 옳으나 반면 옳지가 않다. 양비론(兩非論) 양시론(兩是論)적 애기를 하자는 게 아니 다. 개인의 이념과 신념은 존중받아 마땅하다. 하지만 자신의 확신을 남에게 전해주기 위해 설득은 할 수 있어도 강압적인 형태를 띠는 것 또한 분명한 폭력이다. 그렇게 정확히 단정 짓고 예단해 버린 애기는 그것이 무엇이든 처음부터 대화가 아예 불가능하다. 사랑에 대해 어떻 게 애기를 해도 그는 상대방 애기를 받아들이지 않을 것이다. 자신의 모든 열정은 오직 신념과 목표를 이루기 위한 행동에 주입하는 휘발유 라고 그는 생각하고 있을 것이므로. 물론 다 그런 것은 아니지만 내가 그동안 접하고 느낀 일부 운동권 학생들이 보여 주는 양상은 한마디로 타인의 의견은 들어설 여지가 없고 받아들일 틈조차 없는 자의식 과잉 상태로 느껴졌다. 그런 사람은 목적을 위해서라면 쉽게 또 하나의 폭력 양상을 띨 수 있다는 것을 깨닫지 못할 것이다. 아니면 거대한 폭력에 맞서기 위해선 어쩔 수 없이 작은 폭력이라도 사용할 수밖에 없다고 말할지도 모른다. 나는 그런 생각에 동의할 수 없다. 그렇다면 그건 운동권에 속하지 못하고 뛰어들지 못한 너의 핑계고 자신의 비겁에 대한 합리화라고 몰아붙여도 달리 할 말이 없다. '넌 앞이 안 보이니까 너에게 짱돌을 던지고 화염병 던지라고 안 할 테니, 하루에 대자보 열 장씩 써서 대학 건물 외벽이며 게시판에 도배하라고 하지 않을 테니 걱정하지 마라!' 라고 비꼬아도 난 할 말이 없을 것이다. 내가 장애가 없었다면 기꺼이 운동에 뛰어들 수도 있었을 것인가? 그 질문에 대해 스스로도 확신이 없다.

어쨌든 그들은 분명 자신을 희생시키는 용기 있는 대학생들이다. 어둠의 시대를 타파하려는 힘든 꿈을 꾸고 그 꿈을 실현시키기 위해 행동하는 아름다운 사람들이다. 마땅히 존중 받아야 한다. 그럼에도 불구하고 나는 같은 대학생이지만 그쪽에서 일하는 대학생들을 완전히는 신뢰하지 못하고 있었다. 이렇게 생각하는 것은 나를 보호하기 위한 변명인지도 모른다. 어쨌든 그들의 신념과 열정에서 쏟아져 나오는 무모함과 치기가 때론 그들 스스로 선민의식까지 느끼는 건 아닐까, 하고 여기는 부분은 분명히 있다. 개인주의를 모두 이기주의로 몰아붙

이고 적개심을 드러내는 습성이 그들에게 배었다면 그건 나의 관점에
선 분명히 잘못된 것이다.

맷돌식당의 분위기 때문이었을까. 나는 이런저런 깊은 생각과 재석
이란 한 사람을 새벽녘까지 오래도록 생각하고 있었다.

그것은 그가 인문대 학생회장이어서가 아니고 운동권에 속한 사람
이어서도 아니었다. 나를 대하던 그의 섬세한 배려와 마음씀이 한없이
귀하고 아름다워서였다. 그는 그 자리에서 내 마음에 뭐라 말할 수 없
는 파장을 일으켰다.

파전을 집은 내 손을 간장 종지에 가져다주던 그의 다정한 손길, 물
컵을 쥐어주던 손길, 식사를 마친 뒤 냅킨을 쥐어주던 그 손길, 반찬
그릇 위치를 일일이 가르쳐준 그의 마음 때문이었다. 장애인이 가진
곤혹스러움과 불편함을 전혀 느끼지 못하게 해주던 그의 말투와 행동
들은 얼마나 사려 깊고 섬세했던가.

아……. 몇 번을 다시 생각해도 그 자리에서 그의 사람됨은 단연 두
드러졌다. 논쟁이 붙었을 때, 다른 사람을 이해시키고 설득시킬 논거
가 상대방보다 부족하다고 느낄 때, 그는 자기 주장을 고집하지 않고
기꺼이 상대방 논리를 인정하고 받아들일 줄 아는 넓은 가슴을 가졌
다. 그는 운동권에 속해 있지만 타인에게 고뇌에 찌든 자신의 모습을
보이지 않았다. 모든 것에 대해 긍정적으로 타협하면서 합리적인 행동
을 돌출해 낼 줄 아는 그는 분명 유쾌하고 명쾌한 사람이었다. 아마도
그는 자신이 혼자 있을 때 늦도록 잠들지 않고 이 시대와 자신의 삶에

대해 깊이 고뇌하고 성찰할 것 같은 그윽한 이미지를 내게 남겨주었다. 내게 이토록 깊게 느껴지는 그는 참으로 아름다운 사람이고 아름다운 남자였다.

그만 생각하면 내 마음속에서 푸른 물이랑이 쉼 없이 일었다.

그에 대한 느낌은 세상 가장 먼 곳까지 번져갔다. 그 사람의 느낌은 생생하게 살아 있었고 그 사람만의 빛을 내는 것 같았다. 마치 내 마음이란 보석 상자에 그가 보석이 된 것처럼, 그를 떠올릴 때마다 나의 내부가 은은한 광채로 밝아지는 기운이었다. 급기야는 내 가슴이 세차게 두근거리고 얼굴이 붉어질 만큼 뜨겁게 열이 났다. 조금씩 커지던 그는 기하급수적으로 내 안에서 나도 모르게 확 커져 버린 것 같았다. 내 마음 안에 점점 들어찬 그의 존재가 무겁게 느껴졌다. 그립고도 가슴 아픈 투명한 빛깔의 무거움 말이다.

"사랑일……까?"

혼잣말로 가만히 중얼거렸다.

"그래……."

새벽녘까지 뒤척이다 일어나 앉은 나는 방 벽에 기댄 채 고개를 천천히 끄덕였다.

"가엾겠지……! 그래, 결국 짝사랑이 되……겠지?"

나는 나 아닌 사람으로 인해 처음으로 강한 슬픔과 아픔을 느꼈다. 가슴이 푸른 즙이 배어날 만큼 먹먹거렸다.

그…… 여자. 인문대 학술부장 여학생 이름이 박진희라고 했던가.

반주를 겸한 식사가 끝나고 난 뒤 자리에서 일어나 식당 밖으로 나왔을 때 박진희 그녀는 씩씩하게 모든 주위 사람들이 보란 듯 그의 팔짱을 장난스럽게 꼈었다. 이 사람은 내 사람이야! 넌 꿈도 꾸지 마!라고 마치 내게 시위라도 하듯이.

두 무릎을 세워 가슴을 싸안은 자세로 웅크린 채 희뿌연 새벽이 오는 소리를 듣고 있었다. 깊은 한숨이 쉼 없이 흘러나왔다.

왜…… 이렇게 된 거지? 왜 그 사람 생각이 머릿속에서 떠나지 않는 걸까……? 괜찮을 줄 알았는데……! 여느 사람처럼 아무렇지 않을 줄 알았는데…….

볼 위에서 낯선 눈물 한 방울이 또르르 명징하게 굴러내렸다.

그래. 의심할 나위 없이 이건 사랑이 분명했다. 가족과 내 자신이 아닌 다른 사람을 이렇게 많이 생각해 본 적이 없다. 이렇게 가슴이 저미듯 아팠던 적도 없다. 그러면 앞으로 어떻게 해야 하나? 그 사람을 사랑해서 나에게 초래될 헛된 망상 같은 꿈과 부질없는 열망들은 어떻게 달래야 하는지 감당이 안 되는 느낌이었다. 내 마음이 그 사람이 보고 싶다고 보챌 것이고, 내 가슴이 그 사람을 만나러 어딘가에 서서 공연히 서성거리고 있으라고 얼마나 강요를 해댈 것인가. 가엾게도 나의 첫사랑은 여지없이 짝사랑이 될 것이다. 무단으로 그를 들인 나의 마음은 아무도 모르게 혼자서 많이 아플 것이고, 앞으로도 오랫동안 혼자서만 많이 그 사람을 그리워하게 될 것을 스스로 예감하는 눈물이 내 뺨 위에서 쉬지 않고 뜨겁게 흘러내렸다.

그러면서도 한편으론 이런 내가 낯설고 경이로울 지경이었다.

"노, 놀라워라. 그 사람이…… 이토록 그리워지다니. 이렇게 갑작스레 마구…… 마구 그리워지다니……!"

내 입술에서 우려했던 가는 울음이 기어이 흘러나왔다.

"어리석어……. 이희연! 넌, 넌 말야, 정말 참…… 바보 같아!"

나의 세상이 변했다

"희연 씨, 수업 마쳤나요?" "강의 들으러 가는 중이예요?" "와아! 오늘 줄무늬 치마가 너무 예쁩니다." "책을 많이 들고 있네요. 내가 좀 들어드릴까요?" "희연 씨, 점심 먹었어요? 어? 저기 진철이도 보이는데요? 부를까요?" "뻥튀기 하나 드실래요? 많이 있는데!" "오늘은 피곤해 보이네요. 공부 너무 열심히 하시는 거 아닙니까?" "필요한 책 없어요? 참고 서적이라면 제가 언제든지 대출 받아 드릴게요" "점심 식사는 하셨나요? 제게 구내식당 비빔밥 티켓 두 장이 있는데!" "자판기 커피 한잔 하실래요? 주머니에 동전이 너무 많아 무겁습니다." "혹시라도 어려운 일 있으시면 무엇이든 제게 말씀하세요. 희연 씨 곁에 이 흑기사가 항상 대기하고 있으니까요. 핫하하하."

일주일에 최소한 한두 번씩은 저쪽 세계에서 쓩! 하고 검은 벽을 부수고 들어오듯이 그가 공기를 뚫고 내게 가까이 왔다. 그리 넓지 않은 캠퍼스를 같이 쓰고 있기 때문에 내가 그의 눈에 띄는 것이다. 그는 언제나 청량한 햇살과 상쾌한 바람의 기운을 풍기며 내게 뛰어왔고, 유쾌하고 다정한 말을 건넸다. 아…… 그러면 고요하게 정돈된 내 세상이 흠칫! 하듯이 일순간에 균형을 잃고 흔들렸다. 내 주위를 감싼 한없이 부드럽던 바람조차 갑자기 뻑뻑해지는 느낌으로 매번 몹시 긴장했다. 어떤 날은 처음 그를 만난 날처럼 그의 몸에서 아직 채 가시지 않은 최루탄 냄새와 땀냄새가 나기도 했다. 하지만 그것과는 상관없이 그를 만난다는 건 언제나 가슴이 뛰고 반가웠다. 우연이겠지만 만나는 횟수가 그렇게 늘어날수록 그는 내게 점점 더 자연스럽고 친밀해지는 것 같았다.

나 역시도 그러했다. 그의 밝고 유쾌한 목소리를 들으면 늘 기분이 좋아지면서 가슴 한켠이 눈물 몇 방울이 배듯 아팠다. 그는 무엇엔가 열중하고 있더라도 나를 발견하면 만사를 제쳐두고 달려온다는 느낌이 들었다. 내 스스로의 바람인 줄 모르겠지만, 어쨌든 그가 나를 진심으로 반긴다는 것만은 분명했다. 그런 그를 부지불식간에 캠퍼스 한 공간에서 만날 수 있다는 게 그 무엇과도 바꿀 수 없을 만큼의 감동이었다. 캠퍼스 안에서 발길을 옮길 때면 나도 모르게 가슴이 설레었고 부풀었다. 내 세상은 변했다. 그동안 주변에 아무리 사람이 많아도 내 세계는 늘 텅 빈 것 같은 일상이었는데, 그를 의식하고 난 뒤부터는 모든 것이 달라졌다. 공기와 햇빛조차도 새로웠다. 그 한 사람으로 말미암아 나를 에워싼 세계가 그에게서 비롯된 아름다운 긴장으로 �꽉 차 있는 느낌이었다.

그를 만나는 횟수가 쌓일수록 그에 대해 조금씩 더 알게 되었다.

그는 서울에서 태어나 중고등학교를 다녔으며 D대학 입학할 때 4년 전액장학금을 받을 만큼 공부를 아주 잘했다는 것. 그의 부모님은 그가 대학에 들어온 뒤 곧 캐나다로 이민을 갔다는 것. 결혼한 큰누나만이 현재 대구 효목동에서 산다는 것. 캐나다로 건너간 그의 집에서 학비며 생활비를 부쳐주겠다고 했지만 그가 거절했다는 것. 학비는 장학금을 받고 있고, 생활비는 단과대 학생회장으로 받는 돈 일부와 학교 도서관에서 야간 숙직을 해서 충당한다는 것 등등의 얘기 말이다.

그를 알아갈수록 마음이 설레고 행복했다. 또한 그를 꿈꾸고 생각하는 시간이 늘어나고 애틋해질수록 그만큼 힘들고 괴롭기도 했다. 그를 꿈꾸고 생각하는 데 내가 지불하는 비용은 눈물이 어려지는 미소였다. 그를 생각하면 시계의 초침과 분침이 모두 그리움과 기다림으로 변해 똑딱거리는 소리를 쉼 없이 내는 것 같았다.

엊그제와 어제도 그를 못 만났어. 실망하고 또 실망했지. 오늘은…… 그를 만날 수 있을 거야. 틀림없어. 그런 느낌이 드는걸. 그 사람의 목소리, 그의 냄새, 주변의 바람조차 일시에 물들이는 듯한 그의 몸짓을 오늘은 느낄 수 있을지도 모른다는 생각에 언제나 학교에 가기 전에 몇 번이나 머리칼과 매무새를 매만졌다.

뭘 입어야 근사하고 산뜻해 보일까? 예뻐 보일까? 옷이 몇 벌 안 되는 게 정말 속상할 지경이야. 청바지와 티셔츠로만 한 계절을 보낼 만큼 털털했던 나는 옷차림과 머리에 꽂는 핀까지 신경 쓰는 자신을 발견하고는 나에 대해 아주 특별해진 그 사람을 새삼스레 인정해야만 했다.

집을 나서 학교 후문으로 들어서면 예전과는 다르게 나도 모르게 온몸이 긴장되었다. 예전엔 사람과 부딪치거나 돌출물이나 구조물에 걸려 넘어지지 않으려고 온 신경을 다 썼는데 이젠 그 때문에 생겨난 조바심과 긴장감이 더 컸다. 그 사람을 보지는 못하지만 어쩌면 바로 내 근처에 그가 서 있거나 저 앞에서 지금 당장 걸어올지도 모른다는 생각 때문이었다. 하지만 그런 나의 열망과는 달리 평균 사나흘에 한 번 정도 캠퍼스에서 그를 만날 수 있었다. 까닭에 그를 짧게라도 만나면 내 하루가 뿌듯하고 맑고 순해지는 느낌이었다. 하지만 그를 대하지 못하고 집으로 돌아갈 때면 내 마음은 쓸쓸함과 서운함으로 가득 찼다.

혹시…… 오늘 그 사람이 날 보았는데 그냥 지나친 것은 아닐까? 다른 여학생과 자판기 커피를 마시면서 물끄러미 내가 사라지는 것을 지켜본 것은 아닐까? 아냐, 그렇지 않아. 그렇지 않을 거야. 보고 싶어. 그 사람 목소리를 정말 듣고 싶다. 근데 그 사람은 지금 어디에 있을까? 인문대 학생회실? 운동장? 체육관? 무엇을 하고 있을까? 강의를 듣는 중일까? 또 시위 준비를 하는 중일까? 논쟁을 벌이고 있을까? 술을 마시고 있을까? 도서관에서 책을 보고 있을까? 그런데 그는 어떻게 생겼을까? 남들은 그가 키도 훤칠하고 참 잘생겼다고 하던데.

아…… 한 번만이라도 손을 뻗어 그의 얼굴을 부드럽게 만져볼 수 있다면 얼마나 좋을까? 내 손끝이 바들바들 떨릴 거야. 하지만 그의 얼굴을 두 손으로 단 일 분만 감싸 쥘 수 있다면 해가 영원히 뜨지 않아도 좋을 것 같아. 그래, 죽어도 좋을 것 같아. 아……! 그런데 그는 이런 내 마음을 알기나 할까? 그 사람도 나를 싫어하지 않는 건 분명해. 하지만 우연한 계기로 알게 된 친구 이상은 아니겠지?

근데 내가 왜 이래? 정말 미치겠어! 요즘은 온통 그 사람 생각뿐이야. 책 한 페이지를 넘기는 사이에도 그 사람이 생각나고 점자 리포트를 작성하다가 그 사람 이름을 나도 모르게 눌러쓸 정도니까 난 지금 제정신이 아닌 게 분명해. 대체 언제까지 이렇게 벙어리 냉가슴을 앓아야 한담? 나 자신이 가엾어질 정도야. 그래! 담에 만난다면 눈 딱 감을 필요도 없이 내 마음만 단단히 붙들고 재석 씨…… 당신을 정말 좋아한다고 말해 버릴까? 과연 그래도 될까? 그러면 그는 그 뒤 어떻게 변할까? 어쩌면 다시는…… 다시는 내 곁으로 오지 않을지도 몰라. 부담스럽다고. 앞도 못 보는 여자를 좋아하는 게 어디 가당키나 하냐며 속으로 코웃음을 칠지도 몰라.

아냐, 아냐. 그는 절대 그런 사람이 아냐. 사람 마음을 그렇게 무시할 사람은 절대 아냐. 하지만 고민할지도 모르지. 진지하게 고민할 것은 분명해. 하지만…… 결국 나를 자연스럽게 보는 걸 힘들어할지도 몰라. 그러면…… 그는 점점 더 내 앞으로 뛰어오는 횟수를 줄여 가다가 결국은 회피하게 되고, 끝내는 나와 전혀 모르는 사람처럼 돼버리겠지. 내가 바로 그 사람 앞을 걸어가도 그는 숨죽이고 그저 내 등만 바라볼 뿐 나를 불러 세우는 일은 없겠지. 그래서 그 사람 목소리를 다시 듣지 못한다면……. 그 사람 체취를 느낄 수가 없다면! 아, 생각만 해도 너무 끔찍해. 그런 일이 일어난다면 정말로 너무나 무서울 것 같아. 그래. 안 돼. 난 못해! 못하겠어! 내가 그 사람한테 좋아한다고 말하는 건 너무나 무서워. 그를 완전히 잃느니 그 사람 목소리만이라도 가끔씩 들을 수 있는 지금이 오히려 좋아. 백번 좋아. 맞아. 더 이상 난 욕심 부리지 않을 거야.

캠퍼스를 걸어다닐 때와 마찬가지로 혼자 있을 때도 마음은 온통 그의 생각으로 가득 채워질 정도로 그를 그리워하고 있었다. 짝사랑과 외사랑은 한쪽 날개로 하늘을 날기 위해 날갯짓하는 것처럼 매번 그 사람을 생각하는 끝은 슬픔과 아픔에 처박혔다. 하지만 언제나 그랬듯이 공부 하나만은 끈질기게 놓지 않고 열심히 하려 애썼다. 그 누가 뭐라 해도 비장애인 대학생들과 당당히 겨뤄 반드시 특수교사의 꿈을 이루고 싶었기 때문이다.

시험 기간 때면 잠을 두어 시간만 잘 만큼 시험공부에 전력하였다. 비장애인인 일반 특수교육학과 학생들을 따라가고 앞지르려면 적어도 그들보다 두 배의 시간과 노력을 기울여야만 했다. 여느 대학생들처럼 필기로 답안지를 제출하는 게 아니라 점자 답안지를 찍어 제출해야 하기 때문에 상대적으로 답안지 작성 시간이 많이 걸렸다. 까닭에 시험공부를 해도 그 문제에 대해 완전히 정확하게 알지 못하면 시

험 시간 내에 답안지를 완성해 제출할 수 없는 기본적인 한계가 있었
다. 그래서 문제를 손가락으로 더듬어 읽으면 곧바로 답이 일사천리
로 요약돼 머릿속에서 흘러나와야 했다. 수강한 내용을 완전히 외우
고 이해하고 있어야 모범답안을 제출할 수 있었다.

2학년 1학기 마지막 전공과목 시험을 치르고 나니 한편으로는 홀가
분했지만, 또 한편으론 원하는 만큼 시험을 잘 치르지 못했다는 씁쓸
함이 남았다.

1986년 8월 14일. 이제부터 한 달여 동안의 여름방학이 시작된 것이
다. 곧장 집으로 가지 않고 오후의 따가운 햇살을 피해 대학 도서관과
보건학교 사이에 있는 백양나무 그늘이 드리워진 벤치에 앉아 있었
다. 김재석, 그가 어디선가 짠! 하고 나타나 주기를 은근히 기대하고
또 기대하면서. 그를 잠시라도 만나보지 않고 천안 고향집으로 내려갈
생각을 하니 발이 안 떨어질 것 같았다.

그래, 여기 앉아 있으면 그에게 내가 보일 거야. 근데 언제쯤 그가
내게로 걸어올까……?

삼십 분, 한 시간을 그렇게 앉아 있어도 그는 나타나지 않았다. 귀에
워크맨 이어폰을 꽂고 「브람스」를 들었다. 「브람스」를 들으면 마음이
아주 편안해진다. 그렇게 오랜만에 느끼는 여유 속에 그에 대한 기다
림을 진하게 섞어두고 있었다. 다시 시간이 흘렀고, 얼마나 그렇게 있
었을까. 누군가 내 어깨를 툭 쳤다.

우왓! 그다!

　마치 기다렸다는 듯이 표정이 환하게 밝아지면서 나는 피아노 건반 소리가 흐르는 이어폰을 귀에서 재빨리 뽑았다.

　"커피 한잔 할래요?"

　낯선 젊은 여자 목소리였다.

　"누……누구신지……?"

　"나요. 박진희! 기억 안 나요?"

　그녀의 목소리는 무뚝뚝했다. 비꼬임이 스민 듯 차가웠으며, 적지 않은 양의 알코올 냄새가 그의 말소리에 이미 짙게 배어 있었다.

　"아…… 생각나요. 죄송합니다. 바로 몰라봐서. 언젠가 학교 정문 쪽 맷돌식당에서 뵈었던 그 학술부장님 맞으시죠? 인문대?"

　"네, 맞아요."

　"어머나, 몇 달 만이네요. 정말 반가워요."

　"그쪽은 그렇겠지만 난 희연 씨 드물지 않게 봤어요. 그동안요."

　그녀 목소리엔 가시가 돋쳐 있어 듣는 내 마음에는 보푸라기가 이는 느낌이었다.

　이 사람은 왜 이리 기분이 안 좋을까, 무슨 안 좋은 일이라도 생겼을까, 싶으면서도 내색하지 않고 그녀 얼굴을 향해 담백한 미소를 머금었다.

　"네에…… 뽑아주신 이 커피 참 맛있네요. 참, 시험은 잘 치르셨어요? 전 방금 다 치렀는데. 종강했으니까 진희 씨도 이젠 집으로 가시겠네요?"

"종강이고 시험이야 뭐…… 그렇다 치고. 내가 희연 씨한테 이렇게 온 건 뭘 물어볼 게 있어서예요."

"넷? 제게요? 제게 무슨……?"

"……."

"말씀하세요. 뭐든지요. 뭔데요?"

"나 원 참!"

그녀는 말하기도 전에 벌써 화가 난다는 투였다. 어이없기도 하고 난감하기도 하다는 마음이 밴 한숨을 푹 내쉬었다.

"미치겠군! 내가 이걸 얘기해야 되는 거야 말아야 되는 거야……? 흐으음! 안 되겠어요. 여기선 도저히 말이 안 나오고. 희연 씨! 나랑 술 한잔 같이 해요."

"넷? 대체 왜 이러시는지……. 술은 이미 하신 것 같은데……요?"

"글쎄, 술 한잔 하면서 얘기하자니까요. 내가 희연 씨한테 다짜고짜 시비 붙는 것 같고 무례를 범하는 줄은 잘 알고 있지만……! 네, 하여 튼 간에 부탁합니다. 희연 씨, 우리 같이 딱 한잔만 해요."

어쩔 수 없었다. 잠시 뒤 우리 두 사람은 대명시장 내 한 식당에서 소주병과 찌개를 앞에 놓고 마주 앉았다.

그녀는 말없이 연거푸 술잔만 비워 냈다.

무슨 말인지 모르겠지만 쉽게 말을 꺼내지 못하는 그녀는 술을 들이 켜는 사이사이에도 어이없어 했고 자신도 잘 믿어지지 않는다는 듯 황 당해 했다. 그녀는 담배를 거칠게 입에 물더니 불을 붙이고 담배연기를 허공에 훅 내뿜었다. 확실히 그녀는 평정심을 잃고 있었다. 혹시 재석 씨 때문에 이러는 걸까……? 그 사람 일이 아니라면 그녀와 나 사이에 이런 장면이 만들어질 일이라곤 아무리 생각해도 없었다. 그렇다고 재석 씨와 나 사이에 무슨 일이라도 있었다면 그런 심증을 굳히겠지만 정말 아무 일도 없었다. 손 한 번 잡은 일도 없거니와, 그 사람이 나를 향해 그런 감정이나 말 한 마디라도 표현한 적이 없다. 나는 그 사람에 대한 내 마음을 아무에게도 얘기한 적이 없다. 나 혼자 마음 깊이 그를 좋아하는 것을 이 여자가 알 수는 없잖은가? 설사 안다고 해도 나한테 다짜고짜 이렇게 술 마시자고 강요할 성질은 아니잖은가? 이 사람이 오늘 내게 갑자기 왜 이러나, 싶었지만 나는 인내심을 가지고 그녀가 입을 떼기를 조용히 기다렸다.

"희연 씨!"

"네……!"

"재석 씨가 서울 출신인 거 알고 있나요?"

역시나…… 그 사람과 관련이 있었다.

"네, 들은 적 있어요."

"흐음…… 역시……. 그런데 나도 같은 서울 출신이에요."

"아, 그렇군요. 어쩐지 말씨가……."

"그런 얘기가 아니고요. 내가 재석 씨 때문에 이 대학에 들어왔고, 그 사람을 따라 적성에도 잘 안 맞는 인문대 국문과를 들어왔다 그 말이에요!"

“넷……?”

“내가요…… 흐으음, 속상해서 이젠 눈물까지 다 나오네. 며칠 동안 퍼마신 술 때문에 그런가? 흐음…… 네, 그래요. 좋아요. 이렇게 된 바에야 솔직하게 까놓고 말하죠. 나요, 재석 씨 고등학교 1학년 때부터 알았어요. 우리는 담 하나를 사이에 둔 여고, 남고를 나왔죠. 나요, 재석이 처음 봤을 때부터 좋아했어요. 걔가 고교 때 학생회장이어서가 아니라 걔라는 사람 자체를 처음부터 너무너무 좋아했다고요. 내 말 알아듣겠어요?”

“지, 진희 씨, 잠깐만요. 근데 진희 씨가 왜 그런 얘길 지금 저한테 하시는지 그걸 잘 모르겠는데요?”

“글쎄, 얘길 더 들어봐요!”

그녀의 말투엔 말이 잘린 신경질과 짜증이 배어 있었다.

“……!”

“일단 내 얘기부터 할게요. 휴우 나요, 나 말이에요, 알고 보면 재석이만큼은 아니지만 공부도 꽤 잘했거든요. 우리 부모님이 바라시던 이화여대 정도는 눈치 적당히 보며 들어갈 수 있었어요. 그런데 난 부모님 기대를 저버리고 이 지방대에 원서를 넣은 거예요. 걔를 따라서요. 무엇보다도 난 재석이 가까이에 있고 싶었거든요. 학생운동요? 솔직하게 말하면 나 별로 관심 없어요. 물론 싸울 명분과 가치는 분명하죠. 하지만 나로선 재석이가 열심히 하니까 옆에서 기꺼이 도운 거예요. 네, 무슨 뜻인가 하면요, 제 삶의 중심에는 늘 재석이가 있다 그거죠.”

“네에…….”

“재석인 인정한 바 없지만 대학 3학년 지금까지 난 그의 애인이라고 스스로 생각했어요. 나한테 걔는 내 유일한 남자고 사람이란 거죠. 그를 처음 본 그때부터 최근까지, 아니 당신과 이런 실없는 얘기를 하고 있는 이 순간까지도……. 네, 나는 재석이가 내 사람이라는 생각은…… 조금도…… 지금도 조금도, 네, 변함없어요.”

입술을 질끈 깨문 그녀는 감당키 힘든 비애가 차오르는 듯 다시 술잔을 거칠게 비워 냈다.

“아줌마! 여기 소주 한 병 더요! 웃씨! 제기랄! 담배가 다 떨어졌네!”

“……!”

“미안해요. 내 어투가 좀 사납죠? 근데요, 훗후후……. 근데요, 희연씨! 재석이 걔가요, 그 나쁜 녀석이 말이에요. 나 아닌 다른 사람을 좋아한대요. 나한테요, 곧장 저만 바라보고 여기까지 달려온 나한테 대놓고 그렇게 말했어요. 글쎄, 나 원 참! 숨이 막혀 이젠 말도 잘 안 나오네……. 나요! 나한테요. 이렇게까지 해온 나한테 대놓고 걔가 다른 여자를 좋아한대요. 자신도 잘 몰랐는데 최근에야 그 여자를 정말 사랑한다는 것을 알았대요.”

“……?”

“나, 사흘 전 그 말 들은 날 밤에 그냥 미치는 줄 알았어요. 시험이고 뭐고 작파하고 지난 며칠간 내리 술만 퍼마시고 정말 미친년처럼 울었어요. 억울해서요. 분해서요. 난 한 번도 걔한테서 그런 말 들은 적이 없거든요. 물론! 네, 물론 걔는…… 네, 지금까지 날 친구 이상으로 대하진 않았어요. 네, 네, 그래요. 그건 사실이니까. 네, 그래요. 솔직히 인정하죠. 하지만 난 정성을 다하면 언젠가 걔가 내 사람이 되리라 그렇게 믿었어요. 그의 옆에서, 걔 가까이서 마음을 다하다 보면 자연스럽게 우린 연인이 되고 졸업 후 삶을 같이하리라 믿었던 거죠. 그런데…… 우읍, 그 미친 자식! 걔, 걔가 나 아닌 다른 여자를 맘에 두다니요! 그, 그것도……!"

"……!"

거기까지 이야기를 듣자 마음 깊은 곳에서 쿵 하는 굉음 소리가 들렸다. 처음엔 설마 하고 내 느낌을 믿지 않았다. 그러나 그녀가 울부짖듯이 괴로워하는 맹렬한 증오의 기운이 서서히 나를 향해 돌려지고 있다는 것을 아는 순간 정신을 차리기 힘들었다.

마음의 하늘이 아주 밝은 기운과 푸르스름한 기운으로 뒤섞이며 찢어져 새털구름처럼 잘게잘게 쪼개지고 결국은 빛이 되어 확 퍼져 쏟아져 내리는 듯한 떨림으로 온몸 곳곳에 박혀들면서 나는 눈에 띌 정도로 흠칫흠칫 떨기 시작했다. 더군다나 그녀가 말까지 끊고 가시 돋친 눈길로 쏘아보고 있다는 걸 느끼자 더 이상 내 마음을 감추지 못하고 와들와들 떨기 시작했다. 나 역시 감당키 힘든 충격이었던 것이다.

"흐으응! 이제야 눈치를 챘군요. 그래요. 걔가 바로 이희연 당신! 당신을 좋아하고…… 흐으읍, 사, 사랑한다는 거였어요. 뭐라더라? 당신

을 보면 마음이 맑아지고 평온해진대나. 나 원 참! 평화로워지고 마음
이 따스해지고…… 또 뭐랬더라. 마음이 행복해진대나 뭐라나. 걔, 걔
가 말이에요. 나 참 어이가 없어서. 지난주 내내 당신한테 그 말을 하
고 싶었는데 시험 기간이라서 아직까지 말 못하고 있다네요. 휴우, 왜
이렇게 갑갑해! 정말…… 사람 미치겠군. 환장하겠어. 왜 이리 열불이
터지지? 근데…… 그래, 당신은 어떤가요? 희연 씨?"

희연 씨! 하고 야멸차게 그녀가 부르자 나는 뇌관이 건드려진 것 같
았다. 가슴이 폭발할 것 같았다. 마음 바닥은 온통 지뢰가 터지는 것
같았고, 이상스레 마음 하늘은 형언할 수 없는 폭죽처럼 아름다운 빛
의 알갱이가 끊임없이 터져 숨도 제대로 쉬기 힘들었다.

그가…… 그 사람이 나를 사랑하다니……!

몇 번이나 내 귀를 의심했는데 이젠 그게 아니었다. 탁자 밑에 있는
다리를 몇 번이고 손으로 꼬집고 꼬집었다. 아팠다. 이건 분명 꿈이 아
니고 현실이었다.

"진희 씨…… 미, 미안하네요."

"흥! 뭐가요?"

"네. 이, 입장을 바꿔 생각해 보면…… 그냥 지금 제 느낌이…… 네,
본의 아니게…… 네, 진희 씨한테 제가 많이 미안합니다."

"그런 얄팍한 미안함 따위는 상관없고요. 내가 지금 맥한테 듣고 싶
은 건요, 그렇다면 당신도 그를 좋아한단 그 뜻인가요? 앞으로 그를
사랑하겠단 뜻인가요?"

진희의 목소리는 경멸감이 냉기로 서려 있었다. 그녀의 눈자위는 급히 마신 술과 지난 며칠 사이 누적된 알코올 기운으로 이미 반쯤 풀려 있겠지만 시시각각 그녀의 가슴속에서 곧바로 튀어나온 날것의 감정이 그녀의 시선에 따갑게 실려 있었다. 난 아무 대답도 생각나지 않았다. 그 사이 무거운 침묵이 흘렀다.

"희연 씨! 당신 말야, 아주 뻔뻔하다고 생각지 않아?"

"……!"

"흐으응! 그래, 당신 말야. 같은 여자인 내가 봐도 어딘가 좀 끌리는 데가 있긴 해. 얼굴도 그만하면 예쁘장하고 어딘가 모르게 신비스러운 면도 있고. 흥! 그렇지만 제기랄! 아무리 그렇다고 해도 이건 말이 안 돼. 안 그래? 그게 말이 된다고 생각해? 그게 말이 되느냐고 내가 지금 당신한테 묻고 있잖아?"

급기야는 더 이상 분노를 참지 못하겠다는 듯 서슬 퍼런 반말이, 막말이 그녀 입에서 마구 튀어나왔다.

"이봐요, 진희 씨. 더 이상의 얘기는 서로에게 도움이 안 될 것 같네요. 감정이 너무 격해지신 것 같아요. 못다한 얘기가 있다면 다음 기회로 미루고 그만 일어서시죠."

"아니! 아냐. 난 패를 깐 김에 당신의 솔직한 말을 들어야겠어."

"대체 뭘 말인가요? 무슨 말을 듣고 싶은 거죠?"

"굳이 내 입으로…… 난 거기까진 얘기하고 싶지 않아."

"……?"

"……!"

나는 천천히 고개를 끄덕였다.

"으흠, 역시 그거군요."

"뭔데?"

"네. 본인이 그 말은 내키지 않으시다니 그럼 제가 대신 말해 드리죠. 그러니까 재석 씨가 나같이 앞도 못 보는 여자를 좋아한다는 게 어디 가당키나 하냐, 바로 그 뜻이죠? 제가 지금 그 사람을 좋아한다면 여지없이 진희 씨한텐 뻔뻔스럽게 들릴 거고요. 그 비슷한 거죠?"

"응, 잘 아네. 딱 맞혔어."

"……실망이네요. 진희 씨가 그렇게까지 여긴다니!"

"왜? 그게 틀렸어? 어떻게 내가 너하고……! 어휴, 내가 너 따위와 어떻게 비교될 수가 있어? 여기 근처에 있는 사람들 다 붙들고 물어봐. 누구 말이 옳고 그른지. 난 말야, 차라리 재석이가 당신 아닌 다른 여자를 좋아하게 됐다면 이해라도 가. 나보다 예쁜 여자도 있을 수 있으니까. 그렇다면 내가 이렇게까지 비참하거나 괴롭지는 않을 거야. 왜냐고? 난 끝까지 그 여자보다 나아지려고 노력할 거고, 결국은 재석 씨를 내 사람으로 만들 자신이 있으니까."

"……!"

"근데 이게 뭐냐고? 이건 상황이 우습잖아. 경쟁할 걸 경쟁하고 질투할 걸 질투해야지! 그야말로 닭 쫓던 개 지붕 쳐다보는 격도 못 되는 내 꼴이 아주 웃기잖아."

"흐으음. 그러니까 진희 씨는 비장애인이 장애인을 좋아하는 건 말이 안 된다는 거죠? 아주 비정상적인 거죠?"

"까놓고 말해서 그래. 재석이가 미치지 않고선 어떻게 당신을 사랑 입네 하면서…… 당신을 좋아한단 거야? 나 그동안 많이 생각해 봤는데, 내 상식으론 도무지 이해가 안 돼. 동정이면 동정이지 어따 대고 사랑을 운운할 수 있는 거야? 안 그래?"

"듣기가…… 무척이나 민망하고 거북하군요. 저와 관련해 진희 씨가 자존심 상하고 상처 입었다는 건 잘 알겠지만, 그래도 지금 제게 너무 잔인하게 막말을 하시네요."

"막말? 야아! 그럼 너도 포장 다 뜯어치우고 네가 말하고 싶은 대로 해! 나 말야, 내 가슴이 처참하게 발기발기 찢긴 이 마당에 너한테 체면 차리거나 예의 다 지켜주면서까지 내 감정 속이고 싶은 생각 눈곱만큼도 없으니까."

"알았습니다. 그만 가겠어요."

"앉아!"

"못 앉겠다면요? 욕이라도 하고 마치 내 머리칼이라도 뜯어놓을 태세군요."

"희연 씨, 나 그 정도까지 막가진 않아. 그리고 개인적으로 나 욕도 싫어하고 폭력도 싫어해. 그러니 앞으로 딱 십 분만 더 얘기하자고. 그러니까 앉아요. 앉아주세요! 그, 그렇지……! 잘 생각했어. 휴우, 희연 씨, 내가 말이에요. 내가 억울하고 답답해 미칠 것 같아서 그래. 도무지 이런 상황이 이해가 안 가기 때문에 그쪽 생각이라도 들어보고 싶어서 내가 지금 미친 체하는 것뿐이야. 희연 씨, 지금 내가 대체 뭘 잘못 생각하고 있는 거지?"

"……진희 씨가 그 사람을 그토록 좋아했던 이유 말이에요."

"응?"

"그 이유가 바로 그런 마음을 가진 남자이기 때문이 아닐까요?"

"정상인이 장애인을 기꺼이 사랑한다? 사랑할 수 있어서다? 재석 씨가……?"

"그게 아니고요, 사람이 사람을 좋아하는 거죠. 장애는 좋아하는 그 사람이 가진 일부일 뿐이고요. 진희 씨가 말한 그런 일이 앞으로 정말 제게 일어날지 모르겠지만 저로선 이 얘기가 오늘 말씀드릴 수 있는 전부예요. 술 많이 취하셨어요. 술 깨면 다시 곰곰이 생각해 보세요. 그럼, 전 다음에 뵙겠습니다."

난 더 이상 그 자리를 감당할 자신이 없었다.

자리에서 일어나자마자 허둥지둥 술집을 나오려 출입구를 바삐 찾았다. 나 또한 이미 어느 정도 자제력을 잃었기 때문에 술집 미닫이문을 황급히 찾다가 탁자에 부딪혀 빈 술병 몇 개가 바닥에 떨어져 깨졌다. 인상을 찌푸린 여주인에게 황급히 사과를 했다. 당황한 나는 방향을 잃고 문을 찾지 못해 허둥거리다가 겨우 문을 찾아냈다. 뒤에서 싸늘하게 냉소를 머금고 지켜보고 있는 그녀의 시선이 느껴져 눈물이 왈칵 솟았다. 대명시장 골목을 빠져나오면서 평소와는 달리 몇 사람과

심하게 더 부딪쳤다. 급기야는 짐을 실은 자전거를 피하느라 땅바닥에 쓰러지기까지 했다. 하지만 어림잡은 집 방향으로 발걸음을 재촉했다. 한시라도 나만의 공간으로 돌아가 망신창이가 된 마음과 몸을 쉬게 하고 싶었다. 하지만 여전히 가슴 한켠은 세차고도 아름답게 뛰었다. 그가 나를 좋아한다니……! 내가 그렇게 그리워하던 사람이 이미 나를 사랑하고 있었다니……! 방금 그녀에게 참기 힘든 수모를 당하긴 했지만 그 사실은 내 마음 전체가 북소리를 낼 만큼 놀랍고도 행복한 거였다. 오……! 맙소사! 그 사람이 나를 좋아한다, 그 말이지?

아직도 믿기지 않는 구석이 있었다. 하지만 내가 흘리는 눈물에는 괴로움과 비탄이 녹아 있기도 했다. 진희 그녀에게 겪은 것은 나로선 분명 참기 힘든 모욕이었다. 하지만 그녀가 얼마나 그 사람을 사랑했으면 인간에 대한 최소한의 예의도 없이 서로를 상스럽게 만들 만큼 나한테 모질게 굴었을까에 대해 이해되는 부분이 없진 않았다. 이해는 할 수 있더라도 난 가슴속 깊이 상처를 입었을 만큼 사람에 대해 실망감을 느낀 건 어쩔 수 없는 사실이었다.

평소에 눈 감고도 쉽게 찾아가던 집도 우둘투둘한 시멘트 벽을 끊임없이 더듬거리며 짚어 나갈 만큼 흥분했고 당황했다. 머릿속에 언제나 말끔하게 펼쳐져 있던 약도도 이미 구겨져 버렸다.

이쯤해서 왼쪽에 입간판이 있었던가? 오른쪽에 있었던가? 이 정도쯤에 복사집에서 내놓은 헌 캐비닛 하나가 놓여 있었는데. 오늘 치웠나. 도대체 아무것도 가늠이 되질 않네. 내가 골목으로 들어가는 입구를 지나쳐 더 걸어 내려온 게 아닐까.

처음 걷는 동네나 거리에 들어선 듯 사방을 분간 못하다가 결국 그 자리에 우뚝 섰다. 이렇게는 도저히 못 찾겠다. 근처 전자오락실에서 들려오는 소리로 현재의 위치를 파악해 내려 애썼다. 쏭쏭쏭! 하는 갤러그 오락기계 소리가 저 위에서 나고 있었다. 아…… 내리막길을 이십여 미터나 더 걸어 내려온 것이다. 입술을 지그시 깨물고 천천히 되돌아섰다. 무심하게 나를 스쳐 지나가는 사람들. 진희 그녀가 뒤따라와 집으로 들어가는 골목조차 단번에 찾아내지 못하고 더듬거리고 있는 나를 지금 지켜보고 있을지도 모른다는 생각이 나를 더욱 비참하게 만들고 참혹하게 만들었다.

시시비비를 따지지 않더라도 그녀는 오늘 내게 잘못을 했다. 그가 나를 좋아한다는 것도 몰랐고, 진희 그녀와 그런 얘기까지 있었다는 것은 더더욱 몰랐다. 나는 완전히 무방비 상태였다. 그런데 오늘 그녀가 내게 한 행동과 말은 그 사람을 욕보이는 짓이나 다름없었다. 그녀 자신의 사랑이 조악하고 이기적일 뿐이라는 것을 나한테 시위한 것밖에 되지 않는다. 그녀는 술이 깨고 나면 깨달을 것이다. 부끄러워질 것이다.

그런 생각이 들자 오히려 마음 한켠이 가벼워졌다.

자신에게가 아닌 타인에게 혹독하고 먼저 책임을 전가시킬 정도라면 그녀는 그 사람을 사랑할 자격이 없다. 그녀가 만약 그 사람을 진정으로 좋아하고 그토록 사랑했다면 그가 좋아한다는 나에게 최소한의 예의를 갖추고 존중하는 게 옳았다. 그런데 그녀는 처음부터 나를 무시하지 않았는가. 경멸하지 않았는가. 단지 앞을 못 본다는 이유 하나만으로 내가 가진 한 사람으로서의 모든 가치와 노력들을 송두리째 부인하고 업신여기지 않았던가. 처음부터 끝까지 조롱하지 않았던가. 그래, 진희 씨 당신은 그 사람을 진실로 사랑한 게 아니다. 그가 나에게 오든 안 오든 상관없이 그런 아름다운 남자를 당신이 가질 수 있다고 믿는 건 옳지 않다. 부당한 일이다. 당신은 그를 욕망하거나 소유하고자 원했을 뿐 사랑한 것은 절대로 아니니까.

사랑은 자신이 아닌 그 사람을 위해 오롯이 자신을 남김없이 죽여나가는 과정이라고 믿는다. 그 사람을 사랑한다면 본인 감정에 앞서 그의 마음을 존중하는 것이 옳지 않은가. 그래, 나는 사랑을 모른다. 하지만 이게 내가 지금까지 믿어온 사랑이고 막연히나마 꿈꿔 온 사랑이다. 진희 씨, 이게 당신한테 진정 하고 싶었던 말이지만 또한 차마 하지 못했던 내 마음이다. 당신은 그 사람 때문에 고통스럽고 아파하는 게 아니라, 오직 자신을 위해 아파하고 자신을 향해 눈물 흘릴 뿐이다. 사랑이 분별력이 없는 게 아니라 당신의 욕망이 분별력을 잃은 것이다. 당신은 내일 아침 깨어나면 후회할 것이다. 함부로 범한 나에 대한 무례가 당신의 사랑에 대한 무례이고 결국은 당신 존재에 대한 무례였다는 것을!

그 순간 엄마가 몹시 그리웠다.

시골에 계신 아빠가 너무나 보고 싶었다. 그리고 철마다 온갖 야생

화들이 피어나는 산기슭에 세워진 조그만 교회당, 그와 맞붙은 사택 마당에 서 있는 높다란 은사시나무도 너무나 그리웠다. 바람이 불 때면 은사시나무 잎들은 자그마한 새 떼가 날갯짓 치는 소리가 되어 마당에 가득 떨어져 쌓인다.

그런데…… 그런데 대체 집으로 돌아가는 골목은 어디쯤에 있을까? 악몽을 꾸고 있는 것 같았다. 마치 신기루처럼 사라져버린 골목 입구를 찾아 양손을 뻗어 허공과 길거리 벽을 끊임없이 더듬거렸다. 마음속에서 길을 잃으니 현실에서도 길을 잃어버렸다. 이러다가 미아가 돼버리는 것은 아닐까? 영원히 내가 들어가 쉴 조그만 공간을 찾지 못하는 것은 아닐까? 급기야 나는 흐득흐득 울었다. 무서웠다. 칠흑과 같은 짙은 어둠보다 지금 순간이 더 무서웠다. 내가 사라지는 느낌이었다. 그러면서도 그 사람이 보고 싶었다. 너무나 보고 싶었다. 그런데도 그는 내 곁에 없다. 나에게는 지금 없는 것뿐이다. 못 찾는 게 전부다. 그가 지금 옆에 있다면 얼마나 좋을까? 나에게로 뛰어와 내 손을 잡아준다면 얼마나 좋을까? 그런데 없다. 지금은 없다. 세상과 사람, 사랑, 이 삼위일체가 이렇게 한꺼번에 사라져 지독하게 무섭고 슬프기는 처음이었다.

점자 편지

자신이 좋아하는 사람이 어느 날 그 사람도 자신을 좋아한다는 사실을 알게 되었을 때, 그날은 삶에 있어 마음의 혁명일이다.

그 순간을 경계로 호흡하는 공기의 무게와 색채가 일시에 바뀐다. 각진 모난 세상이 귀퉁이를 잃은 듯 부드러워지며 의미가 없던 것들에서도 불현듯 의미가 생생히 살아 나온다. 아무 생각 없이 날 비추던 햇빛과 햇살조차도 그로부터 비춰오며, 바람은 그 사람이 있는 곳에서부터 나를 향해 불어온다. 내가 밥을 먹으면 곁에 없더라도 그 사람도 함께 밥을 먹고, 내가 음악을 들으면 그 사람도 이어폰을 한쪽 귀에 꽂고 있는 것처럼 함께 듣는다. 내가 웃으면 그도 따라 웃고, 나의 미소에 그의 미소가 녹아 있다. 내가 잠자리에 들면 그도 어느 곳에선가 내 손길을 따라 침낭이나 이부자리를 펴고, 내가 꿈을 꾸면 그 사람도 내 꿈속까지 따라와 나를 만난다. 나의 생각 속에 그의 생각이 번져 있다.

난 한 사람이지만 두 사람의 느낌을 함께 느낀다.

그 사람 이름을 홀로 되뇔 때 혀끝에선 내 마음이 곱씹어 저작된 자잘한 기쁨과 슬픔, 즐거움과 아픔이 그리움의 알갱이가 되어 낱낱이 씹히고 향기롭게 감돈다. 가슴 뻐근한 행복감을 내뱉는 한숨 속에선 이름 모를 불안감이, 이슬 맺힌 야생화가 되어 내 가슴골에서 가득 피어난다.

사랑……! 아직 그가 내게 좋아한다고, 사랑한다고 고백하지 않았지만 그 생각만으로도 세상은 얼마나 순해지고 맑아지는가. 사물과 사람에 대해 내 자신이 얼마나 놀랍도록 겸손해지고 아름다워지는가. 얼마 전만 해도 난 분명히 나 자신만으로 꽉 차 있었는데 어느 순간 나 자신은 텅 비워지고 전부 다 그 사람으로 채워졌다는 것을 발견하는 건 너무나 놀랍다. 스스로 불가사의하다고 느껴질 만큼 경이로운 경험이다. 그를 향한 마음이 내 몸과 내 마음의 세계를 단번에 사라지게 만드는 듯하다.

나는 숨을 쉬듯 끊임없이 내 속에서 그 사람을 발견한다. 보이진 않더라도 거울 앞에 서면 머잖아 그의 앞에 서 있는 내 모습이 오롯이 떠오른다. 수저를 들면 내 앞에서 먼저 국그릇에 숟가락을 담그는 그를 발견한다. 노을이 물들고 어둠조차 바래지는 하루의 끝에 서면 절명하듯이 나는 그 사람을 제일 끝까지 생각하고, 하루의 시작에서 그 사람을 제일 먼저 생각한다. 내가 키운 외로움과 슬픔과 아픔들조차 뽀득

뽀득 새로이 얼굴을 씻고 아름다운 꽃으로, 의미 있는 감정으로 옷을 갈아입고 나들이할 채비를 차린다. 마치 지금껏 내가 혼자 모아온 외로움과 슬픔과 아픔들이 모두 저마다의 눈부신 꿈으로 변신하려는 듯 발돋음해서 그리운 만큼의 높이를 세워 그리운 얼굴을 기다린다. 그 사람이 보이면, 그 사람이 나타나면, 내가 제일 먼저 그 사람을 만져볼 거야! 그 사람 마음속으로 가장 먼저 뛰어들 거야. 그 사람을 맨 처음 안아볼 거야! 하고 마음은 갖가지 감정이 열망으로 들끓는 주전자처럼 쉼 없이 들끓는다.

나는 다짐하고 또 다짐한다.

그가 정말 내게 걸어온다면 내가 키운 외로움으로 그를 결코 외롭게 하지 않으리라. 내가 키운 슬픔으로 절대 그를 슬프게 하지 않으리라. 내가 거느려온 아픔들로 그를 결코 아프게 하진 않으리라. 나는 그런 섣부른 아름다운 맹세를 몇 번이나 하고 또 한다. 내 가슴 밑바닥까지 들춰내 내가 숨겨온 사랑에 대한 모든 생각을 두근거리는 가슴 위에 올려놓고 신기하고 놀란 듯 또 확인한다.

사람을 사랑한다는 것은 그 사람을 내 가슴속 세계로 초대하는 것이다. 그래서 지금껏 내가 키운 갖가지 감정의 세계에서 그 사람이 아름답고 행복해지도록 자유로이 거닐게 하는 것이다. 노을이 물들 때마다 안락의자를 내주어 쉬게 하는 것이고, 깊은 밤에 이불을 다독거려 주듯 나의 기도를 덮어주는 것이리라. 그 사람에 대한 사랑으로 인한 거라면 나는 다 괜찮다. 앞으로 그 어떤 것이라도 괜찮다. 모든 것을 감당할 수 있다. 내 감정의 최후까지 묵연히 서서 내가 그에게 내준 마음으로 인해 그가 편안하고 즐거워진 다음에야 비로소 즐거워할 것이다.

"하지만……!"

나는 천천히 고개를 떨어뜨렸다.

"마구 꿈꾸는 이런…… 내 마음이 두렵기도 해. 정말…… 무섭기도 해. 만약 그 사람이…… 그 사람이, 내게 오지 않으면 어떻게 하지? 나를 좋아하는 마음이 있었는데 그 사람 마음이 이미 변했으면 그땐 난 어떻게 하지……? 과연 나를 달래줄 수나 있을까?"

'그러면…… 만약 그렇다면!

또 그런대로 날이 가긴 하겠지. 하지만 불꽃같은 열정으로 피어난 내 마음이 무수한 꽃잎으로 덧없이 시들어 떨어지는 것을 지켜보면서 그가 잊혀질 때까지 천천히 견뎌내야 하는 건 참 힘들 거야. 그 사람의 마음을 알기 전보다 비교할 수 없을 만큼 괴롭고 참혹할 거야. 목련꽃이 지는 것보다 참혹할 거야. 그리고 어쩌면 아주 오랫동안 내 마음에 봄이란 계절은 오지 않을 테지. 그에 대한 생각만으로 난 나를 섣부르고 성급하게 마구 꽃피워 댔으니까. 아주 오랫동안 겨울만이 든 마음으로 살아야 할 거야. 끔찍하겠지. 그래, 가혹하겠지만…… 내가 그 사람 마음을 어떻게 해볼 수 없는 바에야, 내 손끝에 닿지 못하는 바에야 견뎌내야만 하겠지. 어떻게든 견뎌내야 하겠지. 근데…… 그 사람이 나를 정말 좋아하긴 하는 걸까? 진희 씨가 잘못 안 것은 아닐까? 혹시라도 그녀를 회피하기 위해서 그가 엉겁결에 나를 좋아한다고 말

한 것은 아닐까⋯⋯?'

나는 조그만 교회와 맞붙은 사택 마당 은사시나무 아래 놓인 나무 의자에 앉아 그렇게 쉼 없이 입속말로 중얼거리고 있었다.

8월말, 여름방학이 거의 끝나 가는 시점이었다. 나는 예기치 못했던 진희 씨와의 그 일이 있고 난 그 다음 날 바로 부모님이 계신 시골로 도망치듯이 내려왔다. 그동안 나는 녹음된 전공서적을 점자 기록으로 바꿔놓는 일과 주일 예배 때마다 예배당에서 오르간 연주를 해왔다. 그러나 내게 가장 중요한 일은 매일 그 사람 생각을 하는 것이었다. 어떤 순간에는 그 사람이 정말 미치도록 그리웠다.

한달음에 그가 있는 곳으로 달려가 "당신, 정말 나를 좋아하나요? 나도 당신을 정말 좋아해요!"라고 얘기하고 싶어 공연히 가방 속에 옷을 집어넣었다가 빼기를 반복하기도 했다. 방학이 왜 이리 길담? 하고 볼멘소리로 투정을 부렸고, 그 사람을 만나면 어떻게 해야 하나? 그 순간을 과연 잘 견뎌낼 수 있을까? 하는 생각이 들면 숨조차 가빠졌다.

또한 정체 모를 불안감이 내 속에서 내 귀에 대고 속삭였다.

'희연 씨! 죄송한 말씀이지만 그날 진희가 실수한 겁니다. 물론 제 잘못이 큽니다. 제가 무책임하기 짝이 없게 공연히 가만있는 희연 씨 핑계를 댄 것이지요. 진심으로 사과드립니다. 정말이지 걔가 다짜고짜 그렇게 희연 씨한테 그런 얘길 해댈 줄 몰랐습니다. 상상도 못했습니다. 어쨌든 희연 씨 마음만 흔들어 놓은 것 같아 지금 제 마음이 몹시 괴롭습니다. 정말 죄송합니다. 객쩍은 제 농담이 도저히 용서 안 되시겠지만 제 생각이 짧아 그런 잘못을 저질렀습니다. 부지불식간에 제 입에서 툭 튀어나온 거지만 어쨌든 희연 씨 이름을 거론한 점에 대해선 변명의 여지없이 백번 사죄드립니다. 그리고 솔직하게 말씀드리면, 제가 희연 씨를 한 여자로 좋아하는 건 아니지만 좋은 사람으로 좋아하는 건 사실입니다. 그 점만은 이해해 주셨으면 합니다. 전 앞으로도 희연 씨와 선후배 관계로 좋은 관계를 유지하기를 바랍니다!'

'만약 그 사람이 내게 그렇게 얘기를 한다면……! 단지 그 두 사람 관계의 해프닝으로 빚어진 일인데 내 마음만 돌이킬 수 없이 상처가 깊어진 거라면……!'

그런 생각이 들 때면 나는 깊은 한숨을 폭 내쉬었다.

사랑이 불가사의한 부분이 있는 만큼 그럴 가능성 또한 얼마든지 있었다. 살다 보면 우스꽝스럽게 누가 미소 어린 눈빛을 건네거나 톡 건드려준 것만으로 자기 생각에만 달떠 치유가 어려운 열병에 걸리기도 하는 것이니까.

나는 천천히 고개를 가로저었다.

'아냐. 진희 그녀의 울분에 찬 얘기는 그런 차원이 아니지 않았던가. 아냐, 아냐. 하지만 누굴 마음으로 좋아한다는 것과 진짜로 그 사람을 좋아한다는 것은 아주 다른 문제야. 마음이 현실이 되기 위해선 적지 않은 일들이 일어나야 하고, 전혀 일어나지 않기도 하는 거잖아. 그 사람이 내게는 가까이 안 올 가능성은 얼마든지 있어. 아니, 훨씬 더 많을 거야.'

그런 생각이 또 두려웠다. 확인할 수 없는 그의 마음을 확인하는 그 순간이, 아니 아예 그럴 기회조차 전혀 오지 않을지도 모르는 그 사실을 확인해야만 하는 순간을 생각하면 나는 가슴이 부서지는 것처럼 괴로웠다. 내 마음은 저 혼자의 물결로 쉼 없이 요동치는 것이다. 그에 대한 생각이 극과 극을 왔다갔다하면서 나를 마구 뒤흔드는 것이다. 현기증이 날 만큼 그에 대한 생각이 여름방학 기간 내내 나를 가만두지 않았다.

"희연아! 소포 왔다."

엄마였다.

"소포? 나한테?"

"그래. 너희 학교 우체국 소인이 찍혔는데?"

"이상하네. 우리집 주소를 누구한테도 알려준 적이 없는데. 1학기 성적 통지서는 이미 받았고. 보낸 사람이 누군데?"

"김……재석이라 씌어 있네?"

그의 이름을 듣는 순간 지구가 내 머릿속 가장자리 전체를 확 긁으며 한 바퀴 거칠게 빙 도는 듯한 느낌이었다.

"이 사람…… 누구니? 같은 과 남자친구야?"

"으응, 같은 과 사람은 아닌데…… 내가 잘 아는 선배야. 엄마, 빨리 열어봐. 안에 뭐가 들었어?"

"케이스가 가볍고 납작한 것이 곰 인형은 아닌 거 같고……. 어라, 편지가 들었네?"

"편지? 편지가 무슨 케이스 같은 데 넣어서 와?"

"점자 편지니까 그렇지."

"점자 편지?"

"이거 실망이네. 난 뭐라고 씌어 있는지 통 알 수가 없으니. 그러고 보니까 이 사람도 시각장애자인 모양이구나?"

"그건 아냐."

"그런데 이 사람 점자를 어떻게 쓸 줄 알아? 궁금하긴 하지만…… 너만 읽을 수 있는 거니까 할 수 없지 뭐. 대신 나중에 엄마한테도 이 편지 읽어줘야 돼."

"엄마는 내가 뭐 어린앤가. 사적인 편지를 엄마한테 읽어주게? 그만 집으로 들어가 주세요. 나 편지 읽게."

엄마는 내 얼굴이 감추지 못한 기쁨으로 가득 차 있는 것을 흘깃거리는 눈치더니 빙그레 미소를 지으며 사택을 향해 돌아섰다. 나는 와이셔츠 박스보다는 작은, 납작한 케이스에 든 점자지를 두 손으로 소중하게 더듬어 만져보았다. 분량이 두툼했다. 점자는 특수 종이에 점필로 여섯 개의 점을 기본으로 눌러 찍어서 그 뒷면에 나타나는 오돌토돌함을 손끝으로 읽는 문자다. 그러니까 일반 편지봉투나 서류봉투를 쓰면 운반 과정에서 그 오돌토돌함이 눌려 납작해지기 때문에 글자가 망가져 읽을 수가 없다. 그래서 그가 단단한 사각 통에 넣어 보낸 것이다.

재석 씨가…… 내게 편지를 보내리라고는 생각도 못했다.

대체 누구에게 부탁을 했을까? 그리고 어떤 내용이 담겼을까? 그래, 분명한 건 그의 마음이 여기 담겨 있을 테지!

나는 흥분에 들떠 얼굴이 발그레하게 물들었다. 떨리기까지 하는 내 둘째 손가락 끝을 첫 장인 점자 편지지 상단부에 대고 천천히 그의 마음을 읽어 내려가기 시작했다.

희연 씨!

잘 계시는지요?

그리고 여러 가지로 좀 놀라셨죠? 곧 2학기가 개강하긴 하지만 아무래도 뵙기 전에 제 마음을 얘기해 드려야 할 것 같아 학적과에 가 희연 씨와 연락 닿을 방법을 찾아보았습니다. 전화도 있고, 일반 편지도 있고, 제 목소리를 녹음해 보내드릴까 하는 생각도 했지만 저는 제 마음의 다급함과는 달리 가장 늦은 방법을 택하고야 말았습니다. 정환이 아시죠? 그 녀석에게 점자 찍는 법을 배우느라 제가 한동안 밤잠 설치며 끙끙거렸답니다. 그러니까 희연 씨가 지금 읽고 계실 이 편지는 제가 정성을 다해 한 자 한 자 더디게 꾹꾹 눌러쓴 거랍니다. 그래서 이렇게나 연락이 늦고 말았습니다.

희연 씨!

진희가 희연 씨를 만나 횡설수설하는 잘못을 저질렀다고 그 며칠 뒤에야 제게 얘기를 하더군요. 희연 씨가 놀랐을 생각을 하니 제 마음이 그저 민망하고 황망했었습니다. 제가 희연 씨에게 조심스럽고 정중하게 제 마음을 제일 먼저 보였어야 했는데 우연찮게 진희에게 먼저 말하게 되어 그런 일이 벌어진 것은 전부 다 제 잘못입니다. 더없이 미안하고 죄송하게 생각합니다. 하지만 이렇게 두 주일 넘도록 점자를 배워서, 서툴게나마 아주 느린 속도로 점자를 한 자 한 자 밤새워 찍어가는 저의 이런 마음으로나마 희연 씨 속상함이 조금이라도 풀렸으면 하고 바랍니다.

희연 씨!

순서는 잘못되었지만 이제라도 말씀드리겠습니다. 희연 씨를 생각하고 좋아하는 제 마음은 진실입니다. 사실 전 전경에게 쫓기던 그날 희연 씨를 뵌 그 이후부터 희연 씨가 잊혀지질 않았습니다. 처음엔 희연 씨가 조금 특별하기 때문이 아닐까 생각했지만, 그 뒤 캠퍼스에서 희연 씨를 만나 얘기하면서 제 마음을 비로소 알 수 있었습니다. 그 어떤 가감의 감정적인 장식 없이 제가 희연 씨를 한 사람으로 몹시 좋아하고 있다는 사실 말입니다. 물론 한편으로는 희연 씨가 만약 절 안 좋아하면 어떡하나, 몹시 불안하고 두렵기도 합니다. 하지만 제 마음을 이렇게 뒤늦게라도 솔직하게 말씀드려야겠다는 생각에 용기를 내기로 했습니다.

희연 씨!

다른 연인들이 그렇듯이 저도 사랑이 가져다주는 앞날에 대해선 잘 모릅니다. 제가 희연 씨를 좋아한다고 해서 희연 씨가 절 좋아해 주리라 성급하게 기대하고 욕심 부릴 수 없듯이 말입니다. 그냥 제가 혼자 좋아하는 것으로 만족할 수도 있을 것입니다. 하지만 희연 씨가 하실 수만 있다면 제가 좋아해서 희연 씨를 향해 가까이 다가갔듯이 희연 씨 또한 제게 가까이 걸어와 주시면 얼마나 좋을까, 그런 생각에 저는 오랫동안 마음이 늘 분분했습니다.

희연 씨, 연인이 되었다가도 헤어질 수 있고, 또 아름답고 축복스럽게 삶을 함께 걸어갈 수도 있습니다. 어린 제가 섣불리 확신하고 장담할 수 없는 게 인생이고 사람의 만남이라 하더라도, 이거 하나만은 희연씨에게 분명하게 약속 드릴 수 있습니다.

제가 희연 씨와 함께할 수만 있다면 희연 씨를 소중하게 아끼고, 시간과 마음을 아름답게 나눌 수 있도록 최선을 다하겠습니다. 그러니까 희연 씨, 그 어떤 경계선이라도 미리 긋고 저를 생각하지 말아주길 바랍니다. 제가 당신을 한 사람으로, 한 여자로 생각하듯이 희연 씨 또한 절 그렇게 생각해 주기를 간절히 바랍니다.

그동안 몹시 그리웠습니다. 저 혼자의 넉넉한 그리움만으로의 사치는 필경 눈물이 될 것이고 보면 저는 제 그리움이 온전히 희연 씨를 만나는 기다림이 되길 원합니다. 우리가 다시 캠퍼스에서 만난다면 그 순간 희연 씨의 미소와 저의 웃음이 가득하길 진심으로 바랍니다.

희연 씨!

제가 생각하는 사랑은 두 사람이 한 세계를 만들어가는 것입니다. 사랑이 울타리가 되는 그 세계엔 단 두 사람만이 살지요. 그래서 남들이 고개를 갸웃거릴지라도 두 사람만의 마음으로 삶의 시간을 새로이 세례받고 구축해 가는 것입니다. 제가 희연 씨로 말미암아 기쁨으로 축복받고, 저로 인하여 희연 씨가 행복할 수 있다면 그게 사랑이 아닐는지요. 어줍

잖지만 저는 그렇게 희연 씨를 생각할 때마다 막연하게나마 그런 꿈을 꾸었습니다.

희연 씨!

전 당신이 몹시 필요합니다. 간절히 원합니다. 이런 제 마음을 알아주시고 저를 희연 씨 가슴속에 받아주시기를 간절히 바랍니다.

희연 씨!

당신을 정말 좋아합니다. 희연 씨가 절 받아주시길 바라면서 다시 만나게 될 그날을 아이처럼 손꼽아 기다리겠습니다. 그럼 다시 뵐 때까지 건강하시고 늘 행복하시길 기원드립니다.

1986년 8월 24일 새벽 3시 55분

김재석 드림

추신: 제가 교무처에 들렀다가 우연히 희연 씨가 이번 학기에 최우수 성적 장학생이 되신 걸 알았습니다. 정말 축하드립니다. 열심히 공부하시는 것 같았어도 이렇게 잘하시는 줄은 정말 몰랐습니다. 혹시라도……제가 희연 씨를 좋아한다는 사실을 희연 씨가 냉정하게 거절하신다 해도 (생각만 해도 끔찍합니다), 희연 씨가 장학금을 받았다는 사실을 알게 된 이상 제게 한턱만은 분명히 내셔야 합니다. 핫하하하. 아무튼 지금 이 순간에도 희연 씨가 너무 보고 싶습니다. 하루라도 빨리 대구로 돌아오십시오. 오실 때 미리 학교 도서관(전화번호 635-1724: 밤 11시 이후)으로 꼭

연락주십시오. 대구역이든 동대구 버스터미널이든 틀림없이 제가 마중 나가 있을 테니까요. 그럼!

아……!

나는 그가 쓴 점자 편지를 읽고 또 읽었다.

내 둘째 손가락은 복을 받았다. 그의 마음을 맨 처음 만지고 읽었으니까. 나는 그의 마음을 매만지듯이 글자 한 자 한 자를 만지고 또 만져가면서 읽었다. 점자 편지지는 열네 장이었다. 점자 쓰기에 익숙한 시각장애자라 할지라도 결코 쓰기가 만만찮은 장문의 편지였다. 그리고 점자 대필을 하지 않았다는 분명한 증거가 그 편지에 고스란히 남아 있었다. 한 문장에서 받침이 틀리거나 받침을 빼먹은 부분이 최소한 두어 군데나 되었다. 중성과 종성이 뒤바뀌어 글자가 안 되는 글자도 십여 자가 되었다. 점자에 익숙지 않은 초보자만이 저지를 수 있는 오타였다. 하지만 그럼에도 불구하고 내가 그의 깊은 마음을 읽는 데는 조금도 부족함이 없었다. 그는 분명 이 점자 편지를 쓰느라 며칠 밤을 하얗게 지새웠을 것이다.

남의 입에 의해 읽히는 게 아니라 내가 제일 먼저 읽도록 한 그의 마음은 얼마나 따스한가. 그리고 그동안 나의 불안과 의심은 얼마나 허망하고 부질없는 것이었던가.

터질 듯한 기쁨에 눈물을 흘렸다.

온전히 내 가슴의 기쁨만이 방울방울 녹아 뺨으로 흐르는 환희의 눈물이었다. 너무나도 행복했다. 세상이 모두 다 내 것 같았고, 그동안 내가 성장하며 쌓인 고통과 절망이 한꺼번에 내 안에서 사라지는 것 같았다. 불안하기 그지없었던 나라는 존재감이 비로소 아름다운 권위를 삶에서 획득하고 턱을 곧추세우는 느낌이었다.

　그래. 봤지? 희연이 넌 네가 좋아하는 사람에게 사랑받을 수 있을 만큼 지금까지 네 삶을 잘 꾸려온 거야. 그동안 잘 참아왔어. 축하해. 정말로 축하해. 온 세상이 꽃빛으로 물들어 가는 오늘 노을은 오직 너만의 것이야. 이젠 네 어둠 속에서도 아름다운 빛깔이 태어나 물들 거야. 그 사람으로부터 번져오는 아름다운 빛깔로 네 안이 아름답게 변할 거야. 행복하지? 응. 이젠 아무리 슬퍼도 네 안에 있는 너를 학대하며 울진 않을 거지? 응. 절대로 그러지 않을 거야. 그래. 넌 다시 태어나는 거야. 미지의 사랑이 아닌 현실의 사랑 안에서 너는 가장 사랑에 잘 어울리는 아름다운 너로 다시 태어나게 된 거야. 맘껏 기뻐해. 맘껏 즐거워하고 이 순간을 잊지 마. 험난한 세상을 살아가면서 온갖 종류의 사람 사이를 뚫어가면서 앞으로 살아가게 되겠지만 네가 이 순간을 잊지 않는다면 어떤 일이 닥쳐도 절망하지 않을 거야. 삶에서 사랑이 의미 있는 관(冠)으로 씌워진 날만큼 향기로운 날이 어디 있겠니? 네가 의미가 있어졌기 때문에 네 마음이 향기로움으로 가득해지지 않았니? 오늘은 네 사랑이 태어난 날이야. 해피 러브 버스데이야! 축하해! 희연아! 정말정말 축하해!

　나는 나를 축하했다. 너무 좋아 가슴이 아팠다. 내 마음속에 있는 나

를 향해 이 터질 것 같은 기쁨을 확인하듯이 떠듬떠듬 목이 멘 입속말
로 중얼거렸다.

'희연아! 보이니? 네게도 사람이 왔어. 그치? 사랑이…… 사랑이 걸
어온 거야. 그동안 너도 믿기지 않는 눈치였지만…… 봐봐. 내 마음
아! 이젠 확실히 보이니? 어때? 이 편지가 그 사람 마음이야. 마음은
서로를 알아보잖아. 너도 이젠 그 사람 마음이 아주 환하게 잘 보이
지? 그렇지?'

입맞춤엔 별이 보인다

나는 토끼 그림이 수놓아진 앞치마를 두르고 상을 차리고 있다.

홍조를 띤 내 얼굴처럼 마음은 한껏 들떠 있었다. 처음으로 집에서 하는 식사에 재석 씨, 그 사람을 초대했다. 우린 이제 완전한 연인이다. 1986년 10월 2일, 행복한 해거름 녘이었다.

켜놓은 가스레인지 위에선 돼지고기를 썰어 넣은 김치찌개가 보글보글 끓고 있다. 두 손을 뻗어 정성껏 차린 식탁 위의 풍성한 반찬 그릇들의 가지런함을 가늠해 보았다. 호박을 잘게 썰어 부친 전을 놓은 큰 접시와 고향집에서 가져온 절인 깻잎과 무말랭이, 김, 멸치, 알맞게 익은 김치가 그릇마다 놓였다. 대명시장에서 사온 도토리묵도 큼지막하게 잘라 놓았다. 가는 파를 잘게 썰어 마늘과 고춧가루를 넣고, 참기름도 두어 방울 떨어뜨린 맛있는 양념간장도 만들었다. 보리차를 끓여

식힌 작은 물주전자와 컵 두 개도 식탁 오른쪽에 놓였다.

마주 보며 나란히 놓인 숟가락과 젓가락이 반듯한지 손끝을 대보고는 조금 키가 안 맞은 젓가락을 다시 맞추었다.

완벽했다. 손목시계 뚜껑을 열고 시침과 분침에 손끝을 대보았다. 6시 53분! 그는 7시에 오기로 되어 있다.

"어머나! 내 정신 좀 봐!"

부랴부랴 앞치마를 벗어 부엌 벽에 걸어놓고 벽걸이 거울 앞으로 걸어가 섰다. 시각장애자 방엔 거울이 없을 거라고 생각하는 사람들이 있는데 그건 천만의 말씀이다. 일반인의 방과 다를 게 하나도 없이 있을 것은 다 있다. 거울 속의 내 얼굴이 보이는 건 아니지만 거울 앞에 서서 머리카락을 다시 빠르게 빗질하고 뒷머리를 말끔하게 묶었다. 무릎 밑까지 레이스가 찰랑거리는 미색 투피스의 허리끈을 예쁜 리본 모양으로 허리 부위에 다시 묶었다.

재석 씨에게 내 음식 솜씨를 선보이고 싶었다. 나는 처음 가보는 집 주방에서는 헤매는 정도가 아니라 음식 자체를 아예 만들 수 없다. 소금이 어디 있고 후추가 어디 있는지 모르기 때문이다. 하지만 바늘통은 두 번째 서랍, 손톱깎이는 지갑과 핀셋 사이에 놓여 있다는 걸 자세하게 알 정도로 나는 내 방의 모든 집기류 위치를 정확히 기억한다. 때문에 내 방 안에선 비장애인과 조금도 다를 바가 없다. 주방도 마찬가지다. 식용유가 어디 있고, 간장 종지가 어디 있고, 한 번도 쓰지 않은 수저가 어디 있고, 보랏빛 꽃이 예쁘게 그려진 금테 두른 흰 접시가 어디 있는지 눈으로 안 봐도 환했다.

나는 어릴 때부터 모든 물건의 위치를 고정시켰다. 무엇인가를 사용하고 난 뒤 반드시 그 자리에 넣어두는 습관이 몸에 배었다. 안 그러면 모든 게 뒤죽박죽이고 가위며 손톱깎이, 구둣솔조차 눈앞에 두고도 찾기가 힘들 것이다. 나는 시력을 사용할 수 없는 대신 보다 발달된 후각을 통해 전을 노릇노릇하게 구워낸다. 구수한 된장찌개며 시원하고 담백한 무국을 끓일 때는 마른 멸치를 몇 마리 집어넣어야 아주 맛깔스런 맛이 나는지 나의 미각은 정확히 잡아낸다. 그래서 고향집에서도 아빠는 내가 끓인 찌개며 국이 엄마가 끓인 것보다 훨씬 더 맛있다고 종종 나를 칭찬하셨다.

내가 재석 씨를 식사 자리에 초대한 것은 이틀 전이었다. 그가 숙직하고 있는 도서관을 찾아갔다. 그가 몇 번이나 내가 한번 와주면 참 좋겠다고 했기 때문이다. 텅 빈 도서관 안을 유령처럼 걸어다니는 느낌이 아주 특별하다고 했다. 학생들이 모두 도서관을 떠난 밤 11시에 맞춰 도서관에 갔다. 나는 그가 혹시 배고프지 않을까 싶어 야참으로 김밥을 싸서 가져갔다.

2학기가 시작되고, 대명동 캠퍼스에서 우리 두 사람이 다시 만났을 때 나는 기꺼이 그의 연인이 되었다. 그 사람에 대해 좋은 감정 백 가지가 있고 나쁜 감정이나 싫은 감정이 하나도 없는데 어설프게 나를 속일 이유가 전혀 없었고 그러고 싶지도 않았다. 그를 향해 미소 지으며 손을 내밀었고, 그는 너무나 반갑게 두 손으로 내 손을 부여잡고는 한참이나 흔들었다. 내 마음에 기쁨이 넘칠 듯 출렁거렸다. 정말이지 그와 사귀기 시작하면서 조금도 두려움을 갖지 않았다. 다가오지 않은 미래에 없을지도 모르는 걱정을 앞당겨 하는 바보 같은 짓은 하지 않았다. 단지 내가 좋아하는 사람이 나를 좋아한다는 그 사실에만 충실하려고 했다. 그가 내 옆에 있다는 것이 너무 좋았다. 보이지 않기에 다른 사람들을 의식할 필요도 없었지만, 마음 또한 꺼릴 이유가 없었던 것이다. 나와 그는 빈 강의 시간이나 점심시간을 이용해 하루에 한 번씩은 꼭 만났다.

캠퍼스 벤치나 잔디 깔린 언덕, 측백나무 아래 돌의자에 앉아 있는 우리들을 누구나 볼 수 있었다. 우리는 학생식당에서도 자주 같이 밥을 먹었기 때문에 자연스레 사람들 눈에 띄었다. 내 주변 특수교육과 친구들은 내가 인문대 학생회장과 사귄다는 것에 대해 놀라는 눈치였다. 처음엔 친구 정도로 여겼는데 내가 그의 팔짱을 끼고 다니는 연인이 되었다는 것이 한동안 대명동 캠퍼스의 화젯거리가 될 만큼 이런저런 얘기들이 많았다. 나는 동료 여대생들의 부러움과 시샘 섞인 얘기도 들었다. 그의 준수한 외모와 솔선수범하는 리더십은 진작부터 여러 여대생들의 주목을 끌었기 때문이다. 하지만 내 가까운 친구들은 둘이 참 잘 어울린다며 진심으로 날 축하해 주었다.

어쨌든 9월이 지나 10월로 접어들면서 캠퍼스 내 사람들 역시 나란히 걷는 나와 그 사람을 익숙하게 바라보았다. 그와 내 행동이 스스럼없어서인지 우리가 서로를 편안하게 생각하는 만큼 남의 눈에도 자연스럽게 비친 듯했다.

잠긴 도서관 문을 가볍게 두드렸다.

"기다렸어. 어서 와!"

"어째 문 따는 소리가 으스스한걸. 안에 아무도 없어?"

"그럼. 근데…… 어째 맛있는 냄새가 난다?"

"김밥 좀 싸왔어. 재석 씨 배고플까 봐."

"그래? 마침 잘 됐다. 안 그래도 라면 하나 끓여 먹을까 했는데. 역시 희연이가 최고다. 일단 들어가자."

그가 사용하는 숙직실은 도서관 1층 현관에서 제1열람실 안쪽으로 붙어 있었다.

"생각보다 공간이 좁네?"

"어? 어떻게 아냐?"

"고여 있는 공기, 그리고 말을 하면 바로 울리잖아."

"핫하하하. 그렇게 아는 거냐?"

재석은 침상으로 쓰는 작은 마루에 걸터앉아 내가 싸온 작은 가방을 황급히 풀어서는 원형 찬합을 끄집어내 뚜껑을 열었다.

"야하, 진짜 맛있게 생겼다. 희연이 너도 같이 먹자."

"난 만들면서 꼬리 부분을 많이 잘라 먹었기 때문에 지금 엄청 배불러. 재석 씨나 어서 먹어. 먼저 물부터 마셔."

"응? 희연이 네가 이걸 만들었다고? 시장 김밥집에서 사온 게 아니고?"

"그럼. 어떻게 사냐? 당연히 내가 만들어 와야지."

"야하, 그 발언 맘에 들었어. 좋았어. 일단 한 개 먹어보고 얘기하자."

그는 김밥 하나를 입 안에 넣고 씹기 시작했다.

"어……어때?"

"마, 말 시키지 마라."

"왜?"

"진짜…… 너무너무 맛있다. 이건 결코 공치사가 아니다. 정말……
희연이 너 김밥집 차리면 떼돈 벌겠다."

"훗후후후."

"난 어떻게 널 볼 때마다 매번 놀라는 게 이렇게나 많냐?"

"재석 씨가 지레짐작해서 그렇지. 나 뭐든지 다른 사람들만큼은 다
해. 우리 아빠는 엄마보다 내가 끓인 찌개가 훨씬 맛있다고 하시는
걸."

"그, 그러냐?"

"어! 안 믿긴다는 말투네?"

"핫하하, 그럴 리가!"

"그럼 조만간 내 실력 한번 보여 줄게."

"응?"

"우리집에서 밥 한번 먹자고."

"정말이냐?"

"응. 안 그래도 한번 초대하려고 했어. 내일은 약속이 있고 모레가 어떨까? 모레 저녁?"

"나도 괜찮아. 야하, 이거 벌써부터 기대되는데. 참, 집에 갈 때 내가 뭐 사가지고 갈까?"

"사긴 뭘 사? 빈손으로 와. 나로선 재석 씨가 조금 배고프게 집에 오면 더욱 감사하지. 시장도 한 반찬이니까."

"핫하하하! 알았어. 아예 하루 굶고 갈게."

그는 김밥을 게 눈 감추듯 먹어서 찬합을 말끔히 비워냈다.

"자, 배도 든든해졌으니까 이제 산책 겸 우리집이나 안내해 줄까?"

"핏! 대학 도서관을 자기 집이라고 하는 사람이 어딨어?"

"내 집이 뭐 별거냐? 내가 매일 밤 발 씻고 자고 매일 아침 일어나는 곳이니까 당연히 내 집이지."

그는 킬킬거리며 내 손을 잡고 텅 빈 도서관을 안내해 주었다.

물론 난 도서관을 이용한 적이 몇 번 있지만 도서관을 속속들이 알지는 못했다. 1층의 드넓은 서고, 2층의 논문실, 3층의 정기간행물실과 자료실, 그리고 4층, 5층의 드넓은 독서실까지. 나는 주로 강의실과 사범관 2층 끝에 있는 점자도서관, 그리고 집에서만 공부했기 때문에 그가 나의 손을 잡고 안내해 주는 고요한 밤의 거대한 도서관 냄새는 아주 특별했다. 특히나 1층의 넓은 서고, 빼곡히 꽂힌 책장 사이를 걸어갈 때 책에서 나는 냄새는 나를 아주 행복하게 만들었다.

"재석 씨는 좋겠다. 집에 책이 무지 많아서."

"핫하하하. 그렇지? 나도 정말 그렇게 생각해. 가끔씩 마음이 심란할 땐 말이야, 몇만 권의 책이 가지런히 꽂힌 이 서고 속을 산책하듯 걸으면 괜스레 머릿속이 깔끔하게 정리되는 것 같거든. 기분도 좋아지고. 희연이 넌 그런 기분 이해할지 모르겠다. 마치 내가 책으로 가득한 성채의 주인이 되어 있는 그런 느낌 말이야. 실제로도 필요한 책을 언제든 시간에 구애 없이 실컷 읽을 수 있어서 좋고."

"응. 그런 소리 들으니까 갑자기 나도 여기 살고 싶은걸."

"핫하하하, 그건 안 될걸. 기숙 티오엔 여대생은 없으니까."

"핏! 남녀차별이다. 불공평해."

우리는 밤이 주는 은밀한 속삭임 속에서 키들거리며 3층에서 4층으로 올라가고 있었다. 근데 진작부터 꾸르꾸르 꾸르르르르, 마치 웅얼거리는 듯한 자잘한 소리가 층계를 밟는 동안 건물 바깥쪽에서 쉼 없이 들려왔다.

"무슨 소리야?"

"비둘기 소리잖아."

"그건 알겠는데, 도서관 벽 쪽에서 웬 비둘기 우는 소리가 이렇게나 많이 나? 도서관에서 비둘기를 키우는 건 아닐 테고?"

"아…… 그게 우리 도서관의 문제 가운데 하나야. 이 도서관 건물 외벽에 십자형으로 파진 구멍이 많거든. 그러니까 이 도시에 사는 비둘기들이 그 구멍에 자리를 틀고 집으로 삼은 거지. 수백 마리는 족히 될걸. 낮 시간에도 공부하는 학생들이 비둘기 우는 소리가 시끄럽다고 학교에 민원을 넣을 정도니까 결코 가벼운 사안은 아니지. 그렇다고 해서 외벽 전체를 시멘트로 다 메울 수도 없는 노릇이고, 그물을 치자는 안이 나왔는데 그러면 아무래도 건물 외관상 흉하다는 단점이 있고……. 이래저래 마땅한 방법이 없어서 학교측에서 요즘 심각하게 고민중이지.”

“그런가? 난 그렇게 소음으론 들리지 않는데? 비둘기 소리 나는 곳에서 공부하면 오히려 더 잘 될 것 같은데?”

“불만으로 느끼는 학생들이 훨씬 더 많다는 게 문제지. 올라온 김에 옥상도 한번 올라가 볼래?”

그는 열쇠 꾸러미에서 열쇠를 찾아 5층 옥상으로 통하는 철문을 땄다. 나는 내심 가벼운 탄성을 내질렀다. 한 번도 갇힌 적 없는, 자유롭게 선회하는 바람이 옥상 가득 일고 있었다. 공중에 바람의 정원이 있는 듯이 말이다. 오른쪽 저 멀리 도로에서 야간에 질주하는 차 소리가 간간이 들려왔다. 아스팔트와 차바퀴의 마찰 소리가 사라지고 나면 밤 전체가 일순간 다시 고요해졌다.

“나도 가끔 여기 올라오는데, 오늘은…… 유난스레 별이 참 많이도 떴다.”

“별?”

“응.”

“몇 개쯤?”

“글쎄…… 한 이삼백 개쯤은 보이네. 평소와는 달리. 오늘 날씨가 그렇게 맑았었나?"

"좋겠다. 수백 개는 아니어도 한 개쯤은 나도 볼 수 있으면 참 좋을 텐데. 밤하늘의 반짝이는 별을 보는 느낌은 어떨까? 궁금해."

"글쎄…… 반짝이고 영롱하다면 표현이 너무 식상한 것 같고. 아! 내가 희연이 너도 별을 보게 해줄까?"

"어떻게? 설마 두 손으로 내 양쪽 귀를 잡고 번쩍 들어올리려는 건 아니겠지?"

"그건 서울 구경할 때 그러는 거고."

"그럼 혹시 내 눈에 펀치를 먹여 튀는 번갯불을 만들려고?"

"핫하하하! 별을 보여 준다니까 별소릴 다 한다."

"그러니까 어서 말해 봐. 어떻게 보여 줄 건데?"

"……볼에 말야. 어쩌면 네 볼에 내가 뽀뽀해 주면 보이지 않을……까?"

"뭐, 뭐라고?"

"뭘 그렇게 놀라? 관둬라, 그럼. 보고 싶지 않으면 안 해주고."

"……으흐음."

"할까? 말까?"

"……그래? 좋아. 그럼 한번 해봐!"

"좋았어. 눈 감아봐."

나는 그의 말대로 살포시 눈을 감았다.

파르르 떨리는 눈꺼풀처럼 떨리는 마음을 함께 내리감았다. 좋아하는 사람의 입술이 뺨에 닿는다는 게 얼마나 좋은가. 조금 전 선선한 어투의 그의 말과는 달리 그는 잠시 주저하다가 이윽고 부드럽게 내 뺨에 그의 입술을 대었다. 약간의…… 차갑고도, 맑고도, 따스한 느낌……! 그가 말로 최면을 걸고 내가 스스로 그 최면에 걸린 것일까. 그의 입술이 내 뺨에 닿는 순간 난 정말이지 명징한 밝음 하나가 내 마음에 떠올라 반짝거리는 느낌이었다. 느낌이 참 고왔다. 천지가 고요한 가운데 앳된 슬픔 하나가 푸르게 옷을 벗고 작고도 그리운 아름다움으로 변하는 느낌이었다. 내 가장 깊은 곳에서 일어난 떨림 하나가 세상 끝까지 아스라하게 퍼지는 것 같았다.

"……어때? 봤니?"

"응……. 홋후후, 그렇구나. 별이 그렇게 생긴 거였구나."

"흐으음. 다행이다. 혹시 안 보이면 어떻게 하나 걱정했는데. 그렇다면 희연이 너 앞으로 초승달이나 그믐달, 하현달, 상현달, 보름달 보고 싶으면 언제든지 나한테 얘기해."

"왜? 또 내 볼에 입 맞춰주려고?"

"아니, 달은 볼이 아니라 입술에 맞춰야 보여."

"피이! 거짓말!"

"지금 상현달 떠 있는데 진짠가 아닌가 볼래?"

"아냐 아냐. 달은 너무 밝아서 겁이 나. 단연코 사양할래."

"핫하하하."

"홋후후후."

그의 입술이 뺨에만 닿아도 마음 전체가 경이로운 빛으로 가득 찼는데, 그날 그의 입술이 내 입술에 닿았으면 어떠했을까? 현실감이 안 들고 꿈결같았을 거야. 비둘기들이 일제히 소리의 날개를 펴고 그와 내가 입술을 맞추는 거대한 도서관을 하늘 높이 띄워 올리는 느낌이었을지도 몰라. 마음이 너무 눈부셔 두 다리가 스르르 풀려 공중에서 그냥 주저앉아 버렸을지도 몰라.

나는 그날 도서관 옥상에서 있었던 일을 떠올리며 옅은 미소를 머금었다. 사랑이 만드는 작은 비밀은 너무 예쁘다. 사랑은 둘만의 아름다운 비밀을 하나하나 만들어가는 것일 테니까.

방 안 책상 앞 의자에 반듯이 앉아 있던 나는, 누군가 내 공간으로 내려오는 층계를 밟는 순간 벌떡 일어났다. 그였다. 그 사람이었다. 176센티미터의 키에 67킬로그램의 몸무게를 신고 있는 그의 운동화, 별을 보여 줄 수 있는 마음, 아름다운 가슴이 담긴 무게가 내는 발소리를 내가 어찌 모르겠는가!

나에게 재석 씨는 나 혼자로선 도저히 알 수 없는 세상이고 내가 꿈꾸던 세계였다. 그를 만나기 전에는 알 수 없었던 느낌으로만 가득한 세상이었다. 분명 그는 다른 세상을 내게 가져다주었다. 내가 어떻게 이 사람을 아름다워하지 않을 수 있겠는가. 그는 장애를 허물 삼지 않고 나를 제일 먼저 한 사람의 여자로 보아준 사람이다. 잠시의 기다림이었지만, 그리고 식탁을 차리는 내내, 아니 그를 저녁식사에 초대한 그 이후부터 지금까지 나는 다른 세상으로 소풍 가는 아이처럼 설레었고 즐거웠다. 지극히 놀라운 것은 사랑은 고마워할수록 빛이 나고 경이로워진다. 너무나 감사한 것은 사랑은 감사할수록 아름다워지고 행복해진다. 이 사람을 너무 좋아하고 사랑하는 까닭에 그를 맞는 내 표정이 천국 같았다.

"어서 와."

"꽃을 고르느라 5분 정도 늦었는걸. 자……."

그가 내게 꽃 한 다발을 내밀었다. 꽃다발을 받아든 나는 코 가까이 가져갔다.

"어머, 냄새가 참 좋은데? 노란 프리지어 꽃이네."

"으잉? 희연이 너 정말 보이는 거 아냐? 어떻게 단박에 그걸 딱 알아맞히냐?"

"냄새도 모양처럼 다 달라. 맡아봐. 프리지어는 아기 볼에 꽃밥이 묻은 듯한 내음이야."

"그런가? 큼큼……! 난…… 잘 모르겠는데? 근데 네 표현은 정말 죽인다. 야하, 어찌됐든 간에, 근데 뭘 이렇게 많이 차렸냐? 이건 완전히 내가 좋아하는 엄마가 차려준 식탁이다. 찌개 냄새도 너무 좋고."

"손 씻고 먹을 거야?"

"그래야지. 와앗! 지금 내 뱃속에선 걸신들이 단체로 날뛰듯이 아우성이다."

"홋후후. 손 씻으려면 거기 주방 수도를 써. 그리고 벽 쪽에 걸린 수건 보이지?"

“응.”

나는 방 안에서 그 사람의 움직임과 쾌활한 목소리가 공기 속으로 퍼지는 것을 온몸을 열고 느꼈다. 사랑은 원래 마법처럼 신비로운 것인가 보다. 그가 움직이고 말하자 내 방 안이 온통 햇빛과 금빛으로 가득 차는 느낌이었다. 노란 프리지어 색에서 번져온 빛깔이 아니라, 그가 내 마음에 내는 광채였다.

“찌개 옮겨 줄게.”

“잠깐! 내가 식탁에 옮길게.”

“안 그래도 되는데?”

“밥 얻어먹는 사람이 최소한 그 정도는 해야지.”

“먹고 나면 설거지도 할 태세인걸?”

“당연하지.”

그는 식탁 의자에 앉자마자 배고픈 아이처럼 숟가락을 높이 쳐들었다.

“먹자. 맛있게 차린 거 고맙게 먹겠습니다!”

“응. 재석 씨, 차린 건 별로 없지만 그래도 정말로 많이 먹어야 돼?”

“걱정 마라. 세 공기는 먹을 거다. 희연이 너도 많이 먹어.”

“응!”

그는 가스레인지에서 갓 건져올린 얼큰한 김치찌개를 한 숟갈 떠서 조심스럽게 자신의 입가로 가져갔다.

“웃, 뜨거워!”

“데, 데었어?”

“아니. 이게…… 아닌데! 도저히 믿기지가 않아. 어디 다시 한 번 떠 먹어 봐야겠어. 후루룩!”

“……?”

“카앗! 진짜로 찌개 국물 맛 죽인다!”

스크래치

행복하다⋯⋯!

이렇게 나를 행복하게 해주는 사랑의 느낌은 도대체 어떻게 생겼는지 궁금할 지경이다. 사랑은 하트 모양이라는데 내 사랑의 느낌은 하트 모양은 아닌 것 같다. 누가 내게 "그래요? 그렇다면 당신의 사랑 느낌은 어떤 모양인가요?" 하고 묻는다면 나는 풋! 하고 가볍게 웃어버리지 않고 매우 진지하게 답하고 싶을 지경이다.

내게 있어 사랑의 느낌과 모양은 맑은 물과 가장 흡사하다. 물방울이 모인 물은 나누면 나누는 만큼 작은 물방울로 나누어지고, 모이면 모이는 만큼 서로를 흔적 없이 껴안아 하나가 된다. 짜증 나고 피곤하고 힘들고 마르고 강퍅한 것들조차 내 사랑이 닿으면 뽀득뽀득 얼굴이 씻겨지고 손과 발이 씻겨진다. 깨끗해지고 정갈해지고 단정해진다. 내게 있어 사랑의 느낌과 모양을 말로 표현하라면 바로 그런 물방울 같은 것이다. 물은 만물에 촉촉이 스며든다. 내 마음에 스미는 물의 감촉은 사랑이 번져드는 투명한 손길처럼 아주 매끄럽고 다정하다.

지금 나는 내 안에 있는 사랑과 똑같은 사랑이 어디선가 오기만을 기다리고 있다. 풋훗후후! 나는 즐거움을 감춘 차분한 표정이지만 내 가슴 안에 든 남자가 내 이름을 부르며 뛰어오기를 기다리고 있는 것이다.

1986년 10월 22일 오후 1시 50분. 나는 지금 대명동 캠퍼스 후문 쪽에 자리한 보건학교 앞 벤치에 앉아 재석 씨를 기다리고 있다. 이번 주는 학교 가을축제 기간이다. 내겐 민중이 그려진 대형 걸개그림조차 보이지 않지만 교정 곳곳에 플래카드가 걸렸고, 행사가 있음을 알리는 건물 입구마다 오색 테이프며 풍선이 주렁주렁 매달려 있다. 연극 공연, 노래자랑, 학술토론회, 사진 전시회, 단과대 대항 씨름과 축구대회, 유명인사 초청 강연회 등등의 일정이 하루하루 시간별로 가득 차 있다. 수십 개도 넘는 축제 행사 가운데 나는 첼로와 바이올린 협주 연주회만 감상했을 뿐 나머지 시간은 대부분 집에서 영어회화 공부와 그동안 미뤄왔던 조정래의 대하소설 『태백산맥』을 읽었다. 점자로 옮긴 『태백산맥』 소설 분량은 엄청나다. 일반인들이 읽는 소설 한 권 분량을 점자책으로 만들면 거의 열 권으로 늘어나기 때문이다. 나는 조금 전에 그 소설 중간쯤을 읽다가 집에서 나왔다.

만약 내가 재석 씨를 알지 못했다면 지금쯤 고향집에 가 있을 것이다. 1학년 땐 축제가 시작하기도 전에 집으로 곧장 내려갔었으니까.

하지만 지금은 내가 좋아하는 사람과 가까이 있고 싶어서, 그를 한 번이라도 더 보고 그와 조금이라도 시간을 함께 나누기 원해서 이곳에서 그를 기다리고 있다. 하지만 그는 축제 직후 더욱 바빠졌다. 학내 행사 때문이 아니라 축제가 끝난 뒤 시작될 후반기 대구 지역 대학생 연합 시위를 준비해야 했기 때문인 것 같았다. 나는 그 사람이 돌멩이와 화염병, 그리고 최루탄과 철봉이 난무하는 위험한 시위 현장에 있는 것을 결코 바라지 않는다. 그가 핏발 선 목소리로 마이크나 핸드마이크를 잡는 걸 좋아하지 않는다. 그냥 나와 함께 책을 읽거나 음악을 듣고, 같이 식사를 하거나 산책하면서 얘기를 나누는 것이 훨씬 더 좋다. 안타깝긴 하지만 내 그런 바람을 그 사람한테 한 번도 내비친 적은 없다. 나와 같이 있는 시간을 더 달라고 떼를 쓴 적도 없다. 나는 그가 원하는 바를 이루거나 성취하기를 바란다. 돕고 싶으면 돕고 싶지 결코 그를 내가 원하는 쪽으로 잡아당기고 싶지는 않다. 그가 다치면 어쩌나, 잡혀 가면 어쩌나 하는 불안감을 떨칠 수는 없지만 내 마음 편하자고 그에게 학생운동을 하지 말라고 강요하진 않는다는 뜻이다. 그가 건강한 시대정신으로 옳은 일에 몸을 던져 노력하고 투쟁하고 있다는 것을 너무나 잘 알기 때문이다.

나는 교인이 오십 명도 채 안 되는 가난한 교회 목사의 딸인데다, 앞을 보지 못하는 까닭에 당연히 모든 특권을 누리는 기득권층도 아니고 부르주아 계급도 아니다. 그럼에도 불구하고 나는 현재의 군사독재정권을 타도하기 위해 화염병과 돌멩이를 들 수밖에 없는, 폭력의 양상을 띨 수밖에 없는, 한계성이 너무나 분명한 학생운동에 대해 안타가움이 적지 않다. 광주학살을 기반으로 권력을 탈취한 정권의 거대한 폭력에 저항하고 맞서기 위해선 운동권 대학생들의 마지막 자위 수단이 폭력이 될 수밖에 없는 그 한계가 나로선 너무나 가슴 아픈 것이다. 시위하는 학생들과 맞서 싸우는 전투경찰, 그들 또한 나라의 부름을 받고 국방의 의무를 다하기 위해 군입대한 어제의 대학생이고 동료고 친구고 형제가 아닌가. 분명한 적은 안전한 성루에 앉아 호의호식하고 있는데, 결코 적이 아닌 같은 젊은이들끼리 서로 쫓고 쫓기면서 피를 흘리는 것이 너무나 싫다. 그렇다면 누군가 말할 것이다. 끊임없는 투쟁의 피를 먹고 자라는 게 바로 선진 민주주의를 이룬 나라들의 역사라고, 행동하지 않는 양심은 시대적인 소명을 저버린 몰염치한 기회주의자나 이기주의자들이나 하는 짓이라고 말이다.

잘 믿기지 않겠지만 목사인 아빠는 나에게 한 번도 종교를 강요한 적이 없다. 사실이다. 아빠에겐 하나님이 목숨을 넘어 영혼과 같은 가치이고 아빠가 믿고 꿈꾸는 나라는 땅의 나라가 아니라 하늘나라다. 나는 누가 내게 종교를 물으면 "없다!"고 잘라 말한다. 노란 머리카락과 백인 냄새가 나는 예수를 하나님 아들이라고 믿는 것도 싫고, 내가 눈이 멀게 태어난 이유가 하나님의 보다 특별한 아름다운 그릇으로 쓰기 위해서란 따위의 말도 안 되는 얘기도 싫다. 내가 시골 예배당에서 오르간을 치는 것은 은혜로운 하나님을 찬양하기 위해서가 아니라, 나의 아빠를 조금이라도 돕기 위해서다. 나는 하나님과 이 불의한 정권이 선과 악의 분명한 극대치점에 서 있긴 하지만 결국은 내게 있어 하나라고 여겨진다. 하나님조차 죽은 뒤에 영원한 천국과 영원한 지옥이란 무지막지하게 단순한 칼날로 사람들의 삶과 영혼 전체를 통제하려 하고 구속하려 하고 위협하려 하는 것에 있어선 본질적으로 내가 사는 이 사악한 5공화국 정권과 다를 바가 없는 것이다.

아빠는 내가 어릴 때부터 쉼 없이 책을 읽어주셨고, 이 책을 어떻게 구했을까 생각될 정도의 깊고도 다양한 점자책들을 구해주셨다. 나는 고등학교 때 이미 랭보의 시집을 읽었으며, 도스토예프스키와 니코스 카잔자키스, 알베르 카뮈와 파블로 네루다, 버지니아 울프와 생텍쥐페리 전집을 읽었다. 장 그리니에의 『섬』과 보르헤르트의 『이별 없는 세대』, 아우렐리우스의 『명상록』과 페트 한트겐의 『느린 귀환』, 이청준의 『당신들의 천국』, 칼 세이건의 『코스모스』, 파브르의 『곤충기』와 『식물기』를 비롯해 꽤나 많은 책을 읽었다. 아버지는 내가 눈을 잃어 세상의 모든 빛깔을 잃은 대신 세상의 정신과 내 삶의 중심을 읽을 수 있는 마음의 눈을 가지길 원하셨던 것 같다. 나의 생각은 내가 읽은 많은 책들과 상상과 꿈, 그리고 나의 경험과 내가 앞을 보지 못한다는 여러 복합적인 요소를 거쳐 작동되는 것만은 분명하다. 까닭에 나는 내 생각과 판단이 옳다기보다는 내게 있어 가장 적합하고 현명한 결정이라는 것을 의심치 않는다. 내가 나에 대해 가장 잘 알기 때문이다.

한 인간에게 자발적인 의지가 아닌 상태에서 그 어떤 종류의 구체적인 강요나 심리적인 압박을 가하는 것은 비록 그것이 선일지라도 결코 진정한 선은 아니다. 내가 이만큼 너보다 더 많이 공부하고 성찰한 결과의 깨침이라고 할지라도 한 방향을 지시하는 손가락이라면 그 손가락의 정체는 폭력이다. 그것이 한 인간의 무지와 비겁함과 비루함을 깨우치고자 하는 것일지라도 그것은 결국 선동이고 폭력이다. 왜냐고? 사람은 저마다 다른 상황에서 태어나고 성장하는 만큼 개인의 생각이 현실에서든 이념에서든 획일성에서 벗어나는 것은 너무나 당연하다. 같은 목적과 같은 세상을 꿈꾸더라도 그걸 이루는 방법은 각각의 개성만큼 너무나 다양할 것이다.

나는 적이 있다면 그 적을 부수기 위해 직선으로 치닫는 게 아니라 기꺼이 곡선의 길을 택할 것이다. 비록 시간이 많이 걸리더라도 내가 할 수 있는 만큼의 삶을 착하고 맑게 살면서 주변 사람들에게 도움 받은 이상으로 도움을 주고 싶다는 게 내 삶의 목표이다. 고로 나의 혁명은 체제 전복이 아닌 사랑이다. 자신과 사람을 올바르게 사랑해 내는 일은 말처럼 그리 쉬운 게 아니다. 삶 전체를, 하루하루를 성실하고 착하게 쌓아가야만 이룰 수 있다. 사랑은 하긴 쉽지만 사랑을 이루고 지속시키기는 너무나 어렵다는 정도는 나도 안다. 자신에게 최선을 다해야만이 내게 주어진 한 사람을 바르게 사랑해 낼 수 있는 것이다.

나의 이런 생각은 아빠의 영향이 적지 않은 것 같다. 아빠는 자신의 하나님을 내게 강요하지 않았다는 것 하나만으로 내가 세상에서 가장 존경하는 어른 가운데 한 사람이다. 내가 어릴 때 하나님을 욕하고 미워하고 하나님을 믿지 않는다고 선언했을 때도 아빠는 내게 그 어떤

"……"

"재석이 걔가 막내라서 그런지 지금껏 누구 말도 듣지 않고 제멋대로만 살려고 해서. 내가 진작부터 데모도 그렇게 말렸는데……. 내가 학생들이 원하는 바를 모르진 않지만, 내 남편이 공직에 있다 보니 자연스레 나도 역시 그렇게……. 아, 내 남편이 대구지검 검사란 것 알고 있나요?"

"아뇨. 그렇게까진 얘길 듣지 못했습니다."

"근데 재석이가 요즘 아가씰 사귀고 있다고요? 맞나요?"

"……네."

그녀는 내 대답에 자신도 어찌할 수 없다는 듯 다시 한숨을 푹 내쉬고는 담뱃불을 재떨이에 비벼 끌 때까지 뜸을 들였다. 하려는 말을 꺼내기가 불편하거나 짜증이 나거나 마뜩하지 않다는 것을 내가 왜 모르겠는가.

"편하게 말씀해 주세요. 무슨 말씀이든 새겨들을 준비가 돼 있습니다."

"그러면 그나마 다행이군요. 편하게 말할게요. 학생보단 인생의 선배로, 같은 여자로서 아가씨 쪽을 염려해 하는 얘기니까 오해하지 말고 들어줬음 좋겠어요."

"……네."

"두 사람이 가벼운 친구 사이가 아니고 꽤 마음을 두고 사귄다고 하던데, 맞나요?"

"……네."

"흐으음! 차암내…… 살다 보니 별일이 다 있네요. 재석이 그 녀석은 원래 제멋대로인 녀석이니까 그렇다 치고, 그럼 아가씬 우리 재석이하고 관계가 더 깊어지면 당연히 결혼도 생각하겠군요."

"거기까진 생각해 본 적이 없습니다. 죄송합니다."

"아니, 두 사람이 지금 연인 사이라면서요. 연인들은 헤어지기도 하지만 결혼도 하는 거잖아요. 난 지금 그걸 묻는 거예요."

"나중 일은 모르겠지만, 만약 그런 날이 온다면…… 재석 씨가 원하고 저도 원한다면……!"

"이, 이봐요! 아가씨!"

"네."

"역시 생각했던 것보다 훨씬 당돌하네요. 얼굴은 안 그런데 속은 영악하기가 짝이 없군요. 내가 장담하는데 그런 일은 절대로 없을 거예요. 착해 빠진 재석이를 어떻게 얽어매 볼 생각이라면 이쯤해서 그만둬요. 그게 결국은 아가씨 자신을 위하는 일이란 걸 나중에 본인 스스로 가슴을 치며 깨닫게 될 테니까……!"

"……!"

"지금 당장은 내 말이 불쾌하고 섭섭하게 들릴지 모르겠지만, 이게 다 삶을 앞서 산 사람의 지혜고 충고예요. 난 아가씨가 상처를 덜 받기를 바란다는 거예요. 내 말뜻을 알겠죠?"

"무슨 말씀을 하시려는 건지 알겠습니다만……!"

"말 끊지 말고 하고 싶은 얘기 있으면 분명히 해봐요. 나도 괜찮으니깐."

"고맙습니다……!"

"그래요. 말해 봐요."

"네. 먼저 저에 대한 배려 감사하게 생각합니다. 하지만…… 제 생각은 조금 다릅니다. 재석 씨를 좋아해서 제가 감당할 고통이라면 제가 받는 것이 당연하다고 생각합니다."

"흐으응. 그러니까 앞으로도 관계를 지속시키겠다? 지속 발전시키겠다?"

"……!"

"이봐요, 아가씨! 그건 아가씨가 뭘 몰라도 한참 몰라서 이러는 거야. 우리 집안 말이에요, 박사와 의사가 수없이 배출된 나름대로 뼈대 있는 가문이에요. 천방지축인 막내 재석이 그 녀석만 뭘 모르고 날뛰어서 그렇지……. 아무튼 내가 아가씨한테 이런 얘기까진 길게 할 필요 없고. 이쯤해서 그런 부질없는 감정 말끔히 정리해요. 시간을 질질 끌다가 나중에 훨씬 힘든 것보다 지금 하는 게 백번 좋아요. 알았죠?"

"……!"

"대답을 해요. 알았죠?"

"……지금 그 대답은 못할 것 같습니다. 그건 당사자들이 결정할 몫이니만큼 그렇게 남겨 두겠습니다."

"뭐라고? 흐으음, 혹시라도 난 얘기가 될까 싶었는데 역시 말이 전혀 안 통하는군. 재석이 이 녀석 때문에 내가 지금 무슨 공연한 짓을 하고 있는 거야. 이거 사람 창피해서. 나 참……! 그러니까 아가씬 재석이를 절대 포기하지 않겠다는 거지?"

"포기하지 않겠다는 게 아니고……."

"관둬! 됐어요. 시간도 없고 하니 이쯤해서 얘기를 끝맺지."

화가 난 그녀가 벌떡 일어섰다.

"앞이 안 보이니까 영 사람 구별 못하고 사리분별력도 없구먼. 나 원 참! 어이가 없고 가소로워서 더 이상 할 말이 없네. 아가씨, 이게 어디 말이 된다고 생각해? 사람이 양심이 있으면 주제를 알아야지. 아가씨가 어떻게 우리 재석이랑 사랑입네 뭐네 하며 꿈을 꿔? 헛되기 짝이 없는 개꿈을? 난 이런 구질구질한 느낌 정말 싫어. 어젯밤 꿈이 뒤숭숭하더니…… 재수가 없으려니까 영 불결하기까지 하네."

내가 시종일관 조금도 흔들림 없이 앉아 있자 화가 받친 그녀는 입구 쪽을 향해 두어 걸음 걸어갔다. 나는 황급히 일어나 매몰차게 등을 보인 그녀에게 머리를 숙였다.

"안녕히 가세요. 또 뵐게요!"

"뭐, 뭐라고? 난 앞으로 아가씨 볼 일 절대 없어."

"……!"

"야하, 정말 강적이다. 강적! 재석이가 왜 물렸는지 이제야 이해가 가네. 넌 앞 못 보는 것을 무기로 쓸 줄 아는 고단수야! 고단수!"

냉소를 내뱉은 그녀가 찬바람을 일으키며 문을 열고 나가자 뒤따라

저만큼 앉아 있던 사람도 슬그머니 일어나 입구 쪽을 향해 걸어갔다. 두 손을 앞에 모으고 서 있던 나는 미소를 머금었다.

"진희 씨도 안녕히 가세요!"

"……!"

그러자 그녀는 더 이상 발소리를 숨길 필요가 없어졌다는 듯 아무 말 없이 문을 쾅 닫고는 1층으로 내려가는 층계를 밟고 거리로 사라졌다.

나는 쓴 미소를 머금은 채 그 자리에 다시 앉아 물컵을 입으로 천천히 가져갔다. 그러고는 한동안 멍하니 있었다. 어떻게 생각하면 사람들은 너나할것없이 참 단순하다. 자기가 하고 싶은 말만 하고, 자기가 생각한 대로만 결론을 내리려고 한다. 그리고 자기 의사가 관철되지 않으면 벌컥 화부터 낸다. 멸시나 냉소조차 화의 한 종류다. 진희 씨나 재석 씨 누나도 한결같지 않은가. 처음엔 최소한의 예의를 차리다가 자기 뜻대로 안 되자 화를 내면서 내가 앞을 못 보는 것 하나를 약점 잡아 경멸하고, 내가 주제를 모르는 것으로 치부해 버린다. 그들은 눈이 멀쩡한 사람과 눈이 멀쩡하지 않은 사람이 사랑한다는 것은 말이 안 된다고 생각한다. 그러나 사랑은 눈으로 하는 게 아니라 마음으로 하는 것이다. 사랑이 깊으면 삶 전체로 하는 것이다.

내 마음은 내 정신과 감정에 의해 운용된다.

사랑에 대한 판단과 가치, 그리고 선택은 그 누구의 것도 아닌 내 것이다. 그건 그녀들뿐만 아니라 재석 씨에게도 해당된다. 사랑을 포함한 세상 모든 일에 대한 판단과 가치는 완전히 내 것이다. 사랑에 한정

해서 말한다면, 세상에서 그 사람이 유일하게 영향을 미치긴 하지만 그래도 내 사랑의 주인은 바로 나라는 것이다. 나는 나다. 결론적으로 말해, 나는 재석 씨가 내 가까이 있는 동안 내 판단과 가치를 그에게 절대로 강요하지 않을 것이다. 다시 말하지만 현재 그 무엇이 그에게 중요하다면 그에게 그것은 분명히 중요하다. 옳고 그름이 아니다. 훗날 그가 많은 세월이 흐른 뒤 설사 그 어떤 시절에 내렸던 판단에 오류가 있었다고 할지라도 그 오류를 통해 또 다른 아름다움으로 그의 삶을 꽃피우리란 것을 난 의심치 않는다. 삶은 모두 미성숙에서 성숙으로 나아가는 과정이다.

물론 나는 재석 씨 누나의 우려를 충분히 이해한다. 그런 점에서 나는 재석 씨가 평생 동안 나와 함께 우리들만의 삶을 살아주길 바라지만, 또한 언젠가 그가 날 원하지 않고 다른 사람을 원하게 된다면 그가 그 사람에게 가는 게 옳다고 본다. 그렇다. 언젠가 우리가 헤어질 날이 올지도 모른다. 2학년이 끝나기 전에 그런 일이 발생할지도 모른다.

"미안하지만 나 딴 여자를 정말 사랑하게 되었어!" 하고 그가 내게 말해 올지도 모른다. 그러면 난 두말없이 그 사실을 인정하고 그를 보내줄 것이다. 그에게는 자신의 두 발로 내게 걸어온 자유가 있듯이 내게서 걸어 나갈 자유도 있다. 만약 "당신이 내게 왔으니까 날 책임져! 내게 다가온 이상 나는 당신을 절대 놓아주지 않을 거야! 왜냐고? 나는 당신을 너무 사랑하니까!" 하고 말한다면 그런 아집과 자가당착이 어디 있는가. 그런 모순은 세상에 또 없을 것이다. 사랑이 잡는다고 잡히는 것인가. 마음을 보여 달라고 해서 보여 줄 수 있는 것인가. 그 사람의 마음을 붙들어 매고 채울 끈과 수갑은 세상 어디에도 존재하지 않는다. 사랑을 구속한 그 순간부터 서로의 관계는 죄수와 간수로 바뀌어버린다. 죄수는 시시각각 그 사람에게서 벗어나기 위해 틈을 노릴 것이고, 간수는 그 사람이 내게서 벗어나지 못하도록 감시하기 위해 온갖 걱정과 불안에 떨게 될 것이다. 그런 관계의 울타리 안에서 사랑하는 사람들이 추구하는 기쁨과 행복이 꽃피어날 수는 없다. 사랑이 키우기 쉬운 것이 바로 사람을 소유할 수 있다는 아집이고 독선이다. 그게 바로 맹독(猛毒)이다.

어떤 사람은 이렇게 물을 것이다. "사랑한다면 끝까지 가야지. 다른 사람을 사랑하는 것이 그게 진정한 사랑이냐? 마음이 변하는 것이 사랑이냐?" 하고 말이다. 그렇게 생각한다면 나는 이 세상에서 사람을 사랑할 사람은 아무도 없을 거라고 본다. 누구나 변하지 않는 사랑을 꿈꾸긴 하지만 현실에서의 사랑은 얼마든지 변할 수가 있다. 어쩌면 변하는 게 당연하다. 그렇다고 그것이 무서워서, 당신이 나를 죽을 때까지 사랑하겠다는 증거를 내보이지 않는다면 당신과 사랑을 나눌 수 없다고 말한다면, 그것이 오히려 더 무섭지 않겠는가. 사랑은 불변이 이상적이지만 또한 변하기 때문에 아름답고 애틋한 것이다. 사랑이 무슨 완전한 계약서 형태를 띠고 있다면 사랑이 변하기 때문에 경험하는 수없이 다양한 삶의 질곡을 결코 맛볼 수 없을 것이다.

나는 재석 씨가 지금 나를 좋아하는 그 마음이 사랑이란 것을 조금도 의심하지 않는다. "그 사람이 정말로 나를 좋아할까? 사랑할까?"를 회의하는 것만큼 우스운 일도 없다. 사랑은 그가 나에게 어떻게 해주기 때문에 그를 사랑하는 게 아니라, 자신의 선택으로 그 사람을 사랑하는 것이 본질이다. 사랑이 그에게서부터 오는 것이 아니라 처음부터 나에게서 시작된 것이고 보면 사랑이 빚어내는 이별일지라도 그건 철저히 내 문제이다. 그 사람에 대한 내 사랑을 어떻게 수습하고 정리하는가는 그 사람의 문제가 아니라 결국 자신만의 문제로 남는다는 뜻이다. 물론 사랑은 상호 간의 상대적인 일면이 크다. 그러나 마음이 변해 떠나는 사람을 감금시키려 들 만큼의 죄가 아니라면 결국은 그동안 그 사람을 사랑하면서 누렸던 기쁨과 즐거움을 가지고 혼자 마땅히 그 반대의 고통과 괴로움을 감내한다는 것은 너무나 당연하다. 빛이 있으면 그림자가 있듯이, 형체를 가진 사람들의 사랑에 있어서 그림자 없는 빛은 존재하지 않는다. 사랑한 만큼 행복해지고 사랑한 만큼 상처를 입는 것은 너무나 당연한 질량보존법칙이다.

　나는 재석 씨와의 영원한 사랑을 꿈꾸고 원한다. 그와 결혼해서 그의 아이들을 낳기를 원한다. 그리고 세월의 결에 따라 서로 거울을 보듯이 닮아가고, 주름살이 늘고, 흰 머리가 늘기를 원한다. 죽을 때 손을 잡고 한날한시에 숨을 거두기를 원한다. 그렇게 되기를 간절히 원한다. 하지만 내가 원하는 사랑을 그에게 강요할 생각은 전혀 없다. 그것은 바람직하지 않기 때문이다. 우리가 나누었던 사랑조차 전부 다 원망이 되고 절망이 되는 어리석음을 나는 결코 고집하거나 범하지 않을 것이다. 만약 그가 나를 떠나가겠다면 나는 가장 아름다운 표정으로 담담하게 그를 보내줄 것이다. 이를 악물고 그가 내 앞에서 등을 보이며 사라지는 것을 끝까지 지켜봐 줄 것이다. 나와 함께 아름다운 시간과 마음을 나눈 더없이 소중한 사람. 그 사람의 등조차도 다시 못 본다는 것만큼 가슴 아픈 일이 어디 있겠는가. 물론 그가 나와 언제까지나 함께한다면 더 바랄 게 없는 사랑이고 더없이 행복하겠지만, 그렇지 않다고 해서 그를 원망할 만큼 나는 결코 어리석지 않다.

만약 그가 내일 나를 떠날지라도 나의 사랑을 믿는다. 그것이 내가 그를 사랑하는 방법이고 나를 사랑하는 방법이다. 나는 사랑할 때 누리는 이 기쁨을 만끽하기도 하지만 헤어질 때, 그를 미워하게 될 때를 대비해 이 기쁨을 마음 한쪽에, 내 기억 한쪽에 비축하려고 애쓴다. 내가 그와 만나는 동안 너무나 많은 기쁨을 누렸다면 나는 기꺼이 그와 헤어질 때 진심으로 그가 잘되기를 빌 것이다.

물방울이 계곡물이 되고, 시냇물이 되고, 강물이 되고, 바닷물이 되고, 그것이 다시 수증기가 되어 하늘로 날아올라 구름이 되고 다시 빗방울이 되어 떨어진다. 그 이름들은 각기 다르게 불리고 다른 형태의 삶을 살지만 물이란 속성은 모두 같다. 그렇듯이 내가 사랑한 사람은 그 사람으로 죽을 때까지 영원하다. 설사 그 사람이 다른 여자와 살게 되더라도 그가 젊은 날 나를 사랑한 그 가슴이 어디 가겠는가. 그 사람의 삶의 일부로, 그의 삶 내내 나와 함께 한 사랑은 사랑으로 영원히 남을 것이다. 그래서 내가 그 사람을 지금 사랑하는 일은 조금도 두렵지 않다. 나는 그를 사랑했으므로 겪을 내 삶의 모든 일들에 대해 기꺼이 의연한 자세를 잃지 않고 감당할 것이다. 회피하지 않고 나에게서 도망치지 않고 오히려 나를 정면으로 찾아가 내가 겪을 모든 아픔과 고통을 순순히 치를 것이다. 그렇다면 두려워할 이유가 없잖은가. 그 사람이 나에게 어떻게 하든 불안해 할 이유가 없지 않은가. 사랑의 본질은 나를 희생시켜서 그 사람을 사랑해 내는 것이지만, 더 깊숙이 사랑의 본질을 파고 들어가면 그 사람을 통해 나를 완전히 사랑해 내는 것이다. 고로 사랑의 정체는 나다. 내가 그 사람을 표면상 어떻게 사랑하는가로 보이지만 그 사람을 통해 내가 선택한 사랑을 어떻게 완전히 사랑해 내는가가 근원적이고 본질적인 것이다.

"뭘 그렇게 골똘히 생각해?"

"아……! 재석 씨?"

난 재석 씨에게 누나의 출현에 대해 말하지 않았다.

그가 그런 일을 알고 있는지, 그의 누나가 그를 그날 만나고 갔는지, 아님 그를 아예 제쳐두고 가버렸는지조차 난 모른다. 난 그에게 불편한 감정이 배었을 성싶은 사적인 질문은 일체 하지 않는다. 그가 스스로 얘기한다면 충분히 들어줄 용의는 있지만, 얽힌 내 감정을 풀고자 그의 감정을 헝클어뜨리는 어리석은 짓 따위는 하지 않는다. 그런 짓은 그 누구에게도 도움이 되지 않는다는 것을 너무나 잘 알기 때문이다.

"많이 늦었지. 미안하다. 하던 일에 빠져서 시간 가는 줄 몰랐어."

"홋후후. 괜찮아. 나의 기다림엔 언제나 레드 카펫이 깔려 있으니까

늦더라도 잊지 않고 밟고 와주기만 하면 돼."

"핫하하하, 그런 소리 들으니까 더 미안해진다."

"그런데 왜 나오라고 했어?"

"응. 희연이 너랑 시화전(詩畵展)에 가보려고."

"시화전? 갑자기 시화전은 왜?"

"핫하하하. 내가 국문과란 걸 잊은 모양이구나! 우리 학과가 오랫동안 준비한 전시회라서 우리 과 학생들은 누구나 의무적으로 애인 한 사람씩 모시고 한 번은 납셔줘야 해. 안 그러면 과 친구들한테 찍히기로 한 의결사항이거든."

"크크크, 별난 의결사항도 다 있네. 근데 동행자가 반드시 애인이어야 돼?"

"물론이지. 가족이나 친구를 데리고 가면 사람대접 못 받는다. 무능력한 인간이라고!"

"훗후후후."

시화전은 대학 본관 옆 대강당 지하실에서 열렸다.

"희연 씨, 갈수록 더 예뻐지네요!" "납셔주셔서 영광입니다!" "희연 씨, 오늘 보니까 정말 희연 씨가 아깝습니다. 사실 재석이 얘가 인문대 학생회장이라는 거 빼고 나머진 희연 씨보다 전부 다 못하거든요. 아뇨. 제가 재석이 얘보다 훨씬 더 잘생겼단 뜻입니다." "선배님! 잘 어울려요!" 등등의 얘기가 우리가 전시실에 들어가자마자 입구에서부터 축포처럼 쏟아졌다.

"희연 씨, 이런 얘기 들으면 턱 좀 치켜들어."

"응?"

"남들이 애써 치켜세워 주면 한껏 공주처럼 도도함을 보여 주는 게 기본 예의라고."

"그래? 이렇게 하면 돼?"

"더! 조금만 더 올리면 썩 괜찮겠어."

"이, 이렇게?"

"그래. 이제야 완벽하게 어울린다."

나는 장난스럽게 턱을 한껏 쳐들고 그와 팔짱을 낀 채 그가 인도하는 대로 드넓은 전시실을 우아하게 걸었다.

"병진아 임마!"

"아, 재석이 너 이제 왔나?"

"임마! 내 옆에 계신 분에게 먼저 예를 다해 경배 올려라. 어떻게 넌 아리따운 숙녀를 대하는 법도를 여태 익히지 못했냐? 무식한 놈!"

"아…… 말씀으론 익히 들었는데, 정식으로는 처음 뵙겠습니다. 대학 신입생 때부터 일찌감치 재석이 이 녀석과는 담을 쌓은 원수지간인 최병진입니다."

"안녕하세요, 이희연입니다."

"야하, 이렇게 가까이서 뵈니까 진짜 미인이십니다."

"감사합니다. 병진 씨도 멋지시네요."

"핫하하하, 역시 안목이 깊으시군요. 혜안이십니다. 부처 눈엔 부처만 보이는 법이니까요."

"얌마! 입가에 침이나 닦아. 희연 씨, 혹시나 해서 하는 얘긴데, 앞으로 이 녀석이 희연 씨 가까이 오면 무조건 모른 체해."

"응? 왜?"

"이 자식 소문난 플레이보이거든."

"뭐라고? 하여튼 간에 난 너란 놈과 같이 운동하기 싫다. 그럼 난 네 놈 밑에 있으니까 우두머리인 넌 카사노바나 돈 주앙쯤 되겠다. 나 원 참! 어떻게 해서 희연 씨같이 착하고 예쁘신 분이 네 녀석의 마수에 걸려들었는지 모르겠다."

"뭐야? 마수? 거, 걸려들어? 야하, 이 자식 대놓고 막말하네."

"아서라. 분명히 네가 먼저 시작했다."

"어휴, 이걸 그냥! 하여튼 간에 희연 씨, 이 녀석만은 조심해. 딴 건 몰라도 흑심이 가득한 놈인 것만은 내가 보증할게."

"어머나! 나도 흑심인데!"

"응? 네가 왜 마음이 까맣냐? 하얗지?"

"아냐, 나 마음이 진짜로 까매. 앞이 안 보이니까 마음도 까맣게 됐어. 그 정도는 환하게 보이거든."

"잉? 병진아! 이건 또 뭔 소리냐?"

"우하하하. 희연 씨가 네가 아니고 나랑 닮은 사람이란 거지. 야하, 정말 이렇게 마음이 딱딱 잘 맞는 거 보면 희연 씨랑 나랑 진작 만났어야 하는데! 안 그렇습니까?"

"그러게요. 홋호호호."

"어라? 얘들 봐라. 내 앞에서 그냥 눈 맞추네. 안 되겠다. 병진이 임마! 너 빨리 저쪽으로 가라."

"왜 가냐? 난 희연 씨 뒤만 졸졸 따라다닐 거다. 핫하하하. 희연 씨, 지금은 말고 다음에 뵐 때부터 졸졸졸 따라다닐게요. 저 원수 없을 때요!"

"네, 고맙습니다."

"그때까지 재석이 저 녀석 꼭 조심해 주셔야만 합니다."

"네."

"들었지? 재석이 넌 이제 끝났어. 핫하하하!"

"흐이구, 저 녀석이!"

재석은 그가 저만큼 멀어지는 것을 본 뒤 얼굴에 가득한 장난기를 지우느라 깔깔깔 연거푸 웃었다. 그는 나를 몇 걸음 더 전시실 안쪽으로 부드럽게 인도했다.

"제일 친한 친구야. 공대생인데 경산 캠퍼스를 다녀서 그동안 소개시켜 줄 시간이 없었어."

"응. 그렇게 느껴졌어."

"근데 말야, 희연이 네 마음 색깔이 진짜로 까맣니?"

"응, 정말이야. 내 어릴 때 꿈이 마녀였어. 솔직하게 말하면, 예쁜 아이들을 커다란 그릇에 넣고 수프를 만드는 꿈까지 꾼 적 있다니까!"

"으힛! 끔찍하고 엽기적이다!"

"무섭지?"

"무섭다!"

"조심해. 앞으로 내 맘에 안 들면 재석 씨가 어느 날 갑자기 수프가 돼 있을 수 있으니까."

"핫하하하! 내가 그 맛난 수프를 맛볼 수 없다는 게 좀 유감인걸!"

"그렇구나. 홋후후후!"

그가 벽 쪽으로 걸어가 멈추자 나도 따라 멈추었다. 그가 잠시 헛기침을 하며 목을 가다듬었다.

"가만있자, 여기 꽤나 괜찮은 시가 하나 있는데 읽어줄까? 제목이 「숲」인데!"

"응."

"좋아. 흠, 흠, 흠!"

나는 그녀를 만나러 갈 때마다 숲으로 갑니다.

그녀가 있는 곳은 언제나 숲입니다.

그녀가 바로 숲입니다.

사랑합니다.

"……!"

"……? 다 읽은 거야?"

"그래. 어때?"

"좋다. 맛이 간결하니 아주 깨끗하고. 누가 쓴 시야?"

"흐으음, 나!"

"응? 이 시를 재석 씨가 썼다고?"

"그래. 이번엔 반드시 글을 내라고 해서, 뭘 쓸까 고민하다가 널 생각하면서 떠오르는 대로 몇 줄 썼어. 그 종이를 학회장에게 내밀었더니 이렇게 만들어 벽에 턱 하니 걸어놓았더라."

"그렇구나."

나는 미소를 머금으며 고개를 끄덕였다. 다른 건 몰라도 끝 문장이 내 맘에 깊이 와 닿았다. '사랑합니다!' 그가 시를 통해 내게 사랑한다는 표현을 처음으로, 그리고 정식으로 쓴 것이었다.

"그런데 이상하네. 내가 왜 숲처럼 느껴지지?"

"글쎄…… 나도 이상하게 매번 그런 기분이 들더라고. 너만 생각하면 편안하고, 고요하고, 신선하고, 또 뭐랄까……? 아무튼 내가 편히 쉬고 잠들 수 있는 아주 맑은 공기가 네 주변에 푸르스름하게 숲처럼 가득 떠 있다고 해야 하나?"

"흐으음. 갑자기 그 얘길 들으니까…… 어째…… 나에 대한 표현이 좀 야생적이란 느낌이 점점 더 드네. 그렇다면 혹시 내 숲이 그런 숲 아닌가? 그 어떤 사람의 발길도 닿지 않은 원시림 같은 숲……?"

"헛! 그렇게도 이해가 되나? 원시림까진 아닌데!"

"그렇잖아. 내가 처녀림이란 뜻 아냐? 그리고 그 숲에 가면 무얼 한다는 거지? 휴식? 잠을 잔다고? 어째 생각하면 생각할수록 시가 무척

야해지는 것 같고 거의 짐승의 저의까지 번득이는 게 느껴지네?"

"야하, 아냐. 말도 안 돼. 어떻게 번역이 그렇게 심하게 오역될 수가 있냐? 난 전혀 그런 쪽으로는 생각을 걸어 보낸 적이 없다. 맹세한다. 정말이다."

"흐이구, 짐승!"

"아니라니깐!"

"흐으응? 그래, 내 안에서 그렇게나 뛰어놀고 싶었어?"

"야하, 환장하겠네. 희연 씨 오늘 완전히 생사람 잡는구먼!"

"사람이 아니라 내 숲에 불쑥 뛰어든 짐승을 사냥하는 거지."

"그만 해라. 자꾸 짐승 짐승 하면 나 진짜 짐승 쪽으로 그냥 확 날 보내버린다?"

"드디어 본색을 드러내는 짐승!"

"하이구. 내 안의 짐승 한 마리 정말 여지없이 죽이는구먼!"

"훗후후후!"

"핫하하하!"

우리는 전시실에서 나와 사범대와 광명학교 사이에 쭉 늘어선 야외 천막에 들어가 앉았다. 서클별로 천막과 텐트를 치고 대학생들이 음식을 파는 곳이었다. 우리는 어묵과 파전을 시키고 막걸리 한 잔씩을 건배한 뒤 나눠 마셨다. 반쯤 마신 술잔을 내려놓은 나는 그가 쓴 「숲」을 나지막이 외웠다.

"기억력 되게 좋다!"

"훗후후후……! 실은 말야, 재석 씨가 쓴 시 들었을 때 불쑥 정현종 시인의 「섬」이란 시가 생각났었다. 그 시 전문(全文)이 '사람들 사이에 섬이 있다. 그 섬에 가고 싶다' 딱 그 두 구절뿐이잖아."

"휴우……!"

"잉? 갑자기 깊은 한숨은 왜 쉬어?"

"희연 씨, 지금 이런 얘길 하려고 그러는 거 아냐?"

"뭐?"

"이를테면 「섬」이란 시는 정신의 존재론적 성찰이고 내가 쓴 「숲」은 몸의 원시적 욕망의 상징적 발현이다! 뭐 그런 투의?"

"우왓! 귀신이네!"

"쩝쩝쩝! 나도 그 정도쯤은 안 봐도 척이다! 내가 야성적이란 것쯤은 이해하는데 짐승 운운하며 야생적이라는 건 기분이 걸쩍지근하다. 야하, 근데 오늘 막걸리 맛이 왜 이리 쓰냐? 그 좋던 감칠맛은 다 어디로 가고? 이봐요. 형씨들! 이거 막걸리 상한 거 아닙니까?"

"그럴 리가요? 오늘 아침에 궤짝으로 떼어 가지고 와서 냉장고에 지금까지 넣어뒀던 겁니다. 여기 커다란 냉장고 보이시죠?"

"아니에요. 막걸리 진짜로 맛있어요."

나는 키들거리며 웃었다. 그리고 일부러 인상을 잔뜩 쓰고 있을 그가 내미는 스테인리스 그릇에 막걸리를 철철철 소리 내어 따라주었다.

나는 지금껏 그에게 한 번도 "내가 왜 좋아?" 하고 물은 적이 없다. 그런데 이제는 그가 쓴 간단한 시로 짐작컨대 이유를 알 수 있을 것 같았다. 재석 씨는 역시 내 외모보다는 내 마음과 생각이 빚어내는 편안함을 더 좋아하는 것이다. 나는 이제껏 그를 한결같이 웃는 표정과 다정스러움으로 맞았고 대했다. 어떤 것을 꼬치꼬치 캐물은 적도 없고, 나에게 좀더 신경 써달라고 주문하거나 요구한 적이 없었다. 그가 나에게로 걸어온다는 그 사실에 대해 늘 고마워했고 행복해 했다. 다시 얘기하지만, 나중에 그가 다른 여자를 만난다고 할지라도 그걸 알려고 들지 않고 캐묻지도 않을 것이다. 이것은 내가 원래부터 시기하거나 질투하지 않는다기보다는 시기심과 질투심에서 날 멀리 떼어놓고 싶어서다. 만약 이 사람이 나 몰래 딴 여자를 만나고 바람을 피운다고 가정해 보자. 내가 뒤를 밟아서라도 그가 다른 여자와 히히덕거리고 있는 것을 알게 된다고 해서 나에게 이로울 것은 하나도 없다. 나는 앞이 안 보이기 때문에 그런 장면을 애당초 목격하기 힘들다는 신체적 한계로 인해 내 생각이 그렇게 된 건지 모르겠지만. 전에 말했듯이 나는 늘 혼자 있을 때 내 마음속에 갇혀 산다. 그런데 그런 내 마음이 시기심과 질투심으로 가득 찼다고 생각해 보라. 그건 영락없는 지옥이다. 내가 어두컴컴한 사면의 감옥에 들어앉아 보이지 않는 내 눈을 쥐어뜯는 짓이나 마찬가지다. 만약 그에게서 그런 느낌이 들거나 그가 다른 사람이 생겼다고 말한다면 나의 대처 방법은 아주 간결하다.

"그래? 그러면 재석 씨가 사랑하는 사람한테 가야겠네? 더 많이 사랑하는 사람이 생겼다면 그쪽으로 가는 게 너무나 자연스러운 일이니까! 잘 가! 그동안 정말 고마웠어!" 하고 말할 것이다. 힘들겠지만, 너무나 힘들겠지만 나는 반드시 그렇게 해낼 것이다.

"재석 씨!"

"응?"

"난 말야, 「섬」보다 「숲」이 진짜 좋다. 시를 비교해 좋다는 게 아니라 「숲」은 나에 대한 재석 씨 마음이니까 난 당연히 「숲」이 훨씬 더 좋아."

"헛? 그러냐?"

"응. 그러니까 재석 씨가 쉬고 싶으면 언제든지 숲에 놀러와. 쉬기도 하고 피곤할 땐 두 다리 쭉 뻗고 맘 편하게 잠도 자고."

"저, 정말로? 네 방에서?"

"물론이야. 우린 공인된 CC(캠퍼스 커플)인데 그 정도쯤은 내가 감당해 줘야지 뭐."

"홋흐흐흐. 그래도 시랍시고 몇 줄 쓴 보람이 있는걸."

"으잉? 웬 으스스한 웃음! 경고하는데 짐승과 동행은 곤란해. 재석 씨 혼자만 와야 해."

"핫하하하! 물론이지."

"홋후후후……!"

"야하, 막걸리 맛이 갑자기 확 당기네."

나는 기분 좋아하는 그를 향해 오른손을 천천히 허공으로 들어올려 그의 얼굴 가까이 가져갔다.

"으응? 왜?"

"나 재석 씨 얼굴 한번 만져봐도 돼?"

"무, 물론이지."

"나 진짜로 그동안 무지무지 재석 씨 얼굴 한번 만져보고 싶었다. 도대체 재석 씨는 어떻게 생겼을까? 너무너무 궁금했었거든."

"그럼 진작 얘기하지. 하여튼 간에 네 인내심 하나는 발군이다. 자, 너 만지고 싶은 대로 얼마든지 만져."

"사실은 만지는 게 아니고…… 보는 거야. 처음으로 내가 재석 씨 얼굴을 보는 거야!"

나의 손끝이 그의 뺨에 닿았다.

으흐음. 피부가 매끈하네. 자작나무 이파리를 만질 때랑 비슷해. 학생운동하느라 햇볕에 많이 타서 거칠 줄 알았는데 생각보단 아주 매끄러워……. 이 사람 코는…… 알맞게 솟았는데 콧등이 조금 볼록하네? 분명 매부리코는 아닌데…… 쿳쿠쿠쿠……. 누구한테 맞아서 이렇게 된 건가……? 눈썹은 한 일 자로…… 우와, 눈썹이 아주 많네? 굉장히 짙겠구나. 마치 먹 묻은 붓으로 그린 것처럼, 숯검댕처럼 아주 짙을 것 같아. 눈……! 이 사람 눈은 눈동자가 아주 큰 것 같아. 감은 눈꺼풀 위를 만져보니 알겠네. 아주 시원시원하겠어. 그런데 어라? 속눈썹도 꽤 긴 편이네? 눈이 참 예쁘겠다. 아……아니다. 쌍꺼풀이 지지 않고 홑눈이네. 훗후후…… 화가 나 눈을 부릅뜨면 꽤나 무서울 것도 같다……. 이마, 이마는…… 맞춘 듯 반듯하네. 주름이 하나도 없고…… 알맞게 평평하고 반듯해……. 그리고…… 이 사람 머리칼은

직모인 듯 곱슬인 듯 마구 헝클어져 있네……. 내가 앞으로 가끔씩 머리를 빗겨 주면 좋겠어. 크크크…… 머리카락을 만져보니 머리를 감은 지 한 이틀은 넉넉히 됐겠다. 머리카락 올이 두꺼워……. 그리고…… 이 사람 귀는…… 와아, 귓불이 이렇게나 크고 늘어졌네? 귀가 제일 잘생긴 것 같다. 이건 완전히 부처님 귀다……. 홋후후, 앞으로 속 좁게 굴 때 부처님 귀 타령하면 꼼짝 못하게 만드는 데 딱 어울리는 귀야. 그리고 다시…… 약간은 마른 듯한 뺨을 타고 내려와서…… 이 사람, 턱은…… 수염이 까칠까칠하네. 한…… 사흘은 안 깎은 수염이다……. 아빠한테 선물했던 전동 면도기를 하나 사줄까? 아니…… 차라리 내가 깎아주면 더 근사해질 턱이야……. 그리고…… 이 사람의 입술……. 도서관 옥상에서 내 뺨에 닿았던 그 입술이 바로…… 이렇게 생겼구나. 생각보다는 작고…… 윗입술이 아랫입술보다 훨씬 더 두툼하구나. 이 말랑말랑하고 부드러운 느낌! 마치…… 꽃잎을 만지는 것 같고 가을날 홍시를 만지는 촉감이야. 입술 선이 아주 섬세하고 깨끗해……. 이 사람 목소리가 흘러나오는 더없이 소중한 입술이야…….

이 사람 얼굴이 이렇게 생겼구나. 깨끗한 선이 가득한 얼굴이야. 생각보다 훨씬 잘생겼네. 눈으로 보면 틀림없이 귀공자 같을 거야. 풋후후. 이희연, 넌 복도 많지. 이처럼 멋진 사람이랑 사랑이란 걸 할 수 있게 되다니.

미소를 머금은 나는 눈물이 나올 것 같아 마음을 얼른 다잡았다. 나는 말할 수 없는 감동을 마음속에 숨긴 채 어느 순간순간 언뜻언뜻 떨리기도 했던 내 손끝을 그의 얼굴에서 천천히 거둬들였다.

"……어때?"

"응? 뭐, 뭐가?"

"사람 처음 봤으면 잘생겼다, 뭐 꽤 괜찮다, 이 정도는 얘기해 줘야 하는 거 아냐?"

"사실대로 얘기해도 돼?"

"물론이지."

"못생겼어!"

"잉? 내, 내가?"

"응!"

"야아, 그런 소리 처음 듣는다. 이거 어떻게 이 자리에서 증명할 수도 없고. 파전 굽는 학생 아저씨! 나 어때요?"

"네?"

"내 얼굴이 어때요? 이 정도면 꽤나 잘생긴 축에 들죠?"

"그럼요. 아주 준수하신데요!"

"희연 씨, 들었냐?"

"어! 아닌데? 분명히 내 손끝에 걸린 얼굴은 아주 못생겼는데? 에이, 두 사람이 짜고 그러시는 것 알아요!"

"야하! 나 원 참! 이거 또 여지없이 억울해지네."

나는 키들키들 웃었다.

“재석 씨, 괜찮아! 난 재석 씨 얼굴이 아무리 못생겼어도 괜찮아. 정말이야. 내가 재석 씨 얼굴 뜯어먹고 살 것도 아니고.”

“조금 전엔 짐승을 잡더니만 이번엔 멀쩡한 내 얼굴을 아주 못쓰게 만들어버리는구나.”

나는 씨익 웃으며 잔을 들었다.

“못난아! 우리 건배하자!”

“이제 복장까지 터뜨리네!”

나는 허공에 있는 그의 잔에 나의 잔을 가볍게 부딪혔다.

“자! 못난이로 내게 발각된 재석 씨 얼굴을…… 위하여!”

“안 해! 건배 절대 못한다! 억울해서!”

“걱정하지 말라니깐!”

삐친 자세를 취했을 그를 향해 난 혀를 쏙 빼물었다.

“못난이지만 내가 기꺼이 사랑해 줄 테니까!”

허공에서 서걱거림이 가득하다

늦가을 교정은 아름답다.

언덕 위에 줄지어 선 단풍나무와 은행나무 아래엔 지나버린 시간들이 수북히 낙엽으로 쌓여 있었다. 계절은 곧 다가올 겨울 앞에서 마지막 아름다움을 불태우고 있었다. 늦가을에서 겨울로 가는 나날의 시간 흐름은 수평이 아니라 수직적으로 느껴진다. 이 무렵 시간들은 나뭇잎처럼 나뭇가지에서 뚝뚝 떨어져 버린다.

나는 가장 곱고 예쁨직한 단풍들을 주워 책갈피에 넣었다. 계절은 늦가을에서 초겨울의 을씨년스런 풍경으로 급작스레 바뀌고 있었지만 나의 대학 생활은 변할 게 없었다. 강의실에는 항상 십 분 먼저 도착해 준비를 마치고, 맨 앞 책상에 앉아 모든 강의를 빠짐없이 수강했다. 귀를 활짝 열고 교수님 강의에 귀 기울이며 중요하다 싶은 대목은 점자를 눌러써서 체크해 두었다. 그리고 수업이 끝나면 녹음기에 녹음된 강의를 빈 강의실에 남아 점자지에 다시 정리했다. 가끔씩 과친구들과 수다를 떨며 세상 돌아가는 정보를 얻고, 때가 되어 집에 돌아오면 간단하게 밥을 차려 먹었다. 새벽녘까지 라디오에서 흘러나오는 영화 음악을 들으며 다시 공부하다가 잠자리에 드는 게 내 일과의 연속이었다.

변한 건 풍경과 기후의 변화만이 아니었다. 한 달에 한 번 정도이던 학생시위가 가을축제 이후에는 갑자기 서너 번꼴로 늘었다. 시위 규모도 커지고 시위 영역도 훨씬 더 넓어졌다. 학원가 주변에서 맴돌던 시위가 급기야는 대구 중심로인 동성로 쪽으로 진출을 했고, 일부 시민들도 팔을 걷어붙이고 합세하는 양상을 띠었다. 시내 중심가로 진출 시위를 할 때에는 대구의 뭇 종합대학들인 GB대, Y대, G대, D대학들이 연합으로 전선을 구축했다. 대구백화점 앞 삼각형 모양의 광장형 거리에서 대학생들은 각목을 들고 방패와 쇠 파이프를 휘두르는 이천여 명의 전투경찰들과 조직적으로 맞섰다. 까닭에 나는 재석 씨와 캠퍼스 벤치에 나란히 앉아 대화를 나누는 일이 아주 드물어졌다. 그 사람 얼굴 보기도 힘들었다.

내가 2학년 마지막 기말고사를 보기 시작한 12월 초순까지도 그는 시가지 진출로와 방어벽, 퇴로 확보 같은 시위 계획을 짜고 물품들을 준비하는 일에 여념이 없었다. D대학교는 물론 여타 종합대학들도 학생시위가 커진 날에는 전부 비상이 걸렸다. 전공과목을 수강하러 가거나 시험을 치러 가면 강의실 칠판에 '오늘 휴강!' 또는 '시험! 다음 주로 연기!' 라고 커다랗게 씌어 있는 게 보통이었다. 군사폭력정권과 민주화를 열망하는 국민들의 한판 대결이 그리 멀지 않았다는 듯, 대구시 중심로에서는 종종 시위자들과 전투경찰들 간의 전초전이 벌어졌다. 그 맞부딪침이 커져 대구역 앞 십자형 중심로가 함성의 물결과 최루 가스에 뒤덮여, 양쪽 8차선 도로를 꽉 메운 차들이 몇 시간 동안 오도 가도 못하는 일까지 벌어지기도 했다. 시절이 그렇게 흘러가는 까닭에 대학 행정과 학생들의 학사 일정도 당연히 엉망이었다. 수강 인원이 삼분의 일도 안 되는 날이 많았고, 기말고사를 치르는 시험 기간에도 시험을 치르는 학생들이 너무 적어 시험지를 나눠주지도 못한 채 리포트로 시험을 대치하는 과목도 수두룩하게 생겨났다.

 재석 씨는 아주 가끔씩이지만 내 방문을 두드리긴 했다. 대부분 밤샘일로 매우 지쳐 있었다. 때론 시위대를 맨 앞에서 이끄는 학생 전위 부대를 통솔하기도 했기에 그는 늘 지치고 배고픈 상태로 나를 찾아왔다. 나는 군말하지 않고 밥상을 차려주거나 그가 잠잘 수 있도록 이부자리를 펴주었다. 그가 피곤에 지쳐 쓰러져 잠자는 동안 난 책상에 앉아 손끝으로 책을 읽거나 점자를 썼다. 그가 내 방에서 밤 내내 자는 일은 없었다. 코를 드르릉 드르릉! 골면서 두어 시간 곯아떨어져 자고 나면 그는 어김없이 누가 깨우기라도 한 듯 부스스한 얼굴로 일어나서는 손목시계를 들여다보며 바쁜 걸음으로 내 방을 나가 어디론가 사라졌다.

대구방송국 전파를 통해 오늘 큰 데모가 시내에서 일어났거나 아니면 대학교 주변에서 파팡! 팡팡팡팡팡! 하고 최루탄을 연발로 쏘는 경찰특수차 가동 소리를 들으면 나는 늘 그가 걱정되어 맘을 졸였다. 학기가 끝나기 전 학생운동권은 시위에 마지막 불꽃을 당기느라 총력을 다하는 듯했다. 그런 까닭에 그가 무사한 모습으로 내 앞에 불쑥 나타나 주는 것이 그렇게 반갑고 고마울 수 없었다.

1986년 12월 17일, 2학기가 마무리되는 시점이었다.

그러나 많은 학생들이 과목당 수강 시간 한계선인 법정 수강 시간이 미달되었다, 학점이 펑크 나 유급당하지 않으려면 방학중에라도 수강 시간을 보충해야 한다, 별도로 리포트를 두어 묶음 제출해야 한다는 등등 곡절이 많았지만, 나의 2학년 학사 일정은 별 탈 없이 무사히 끝났다. 시위에 참가하느라 학점 이수에 어려움을 겪는 학생들에 비해 나는 공부에만 충실했기 때문이다. 그것이 역시나 부끄럽고 이기적인 짓인지 나 스스로도 마음이 가볍지 않았다.

매서운 찬바람이 심하게 불었다. 창문을 흔드는 바람 소리를 들으며 나는 책을 읽고 있었다. 내가 좋아하는 책인 레마르크의 『개선문』이란 두꺼운 책을 무릎 위에 얹고 손끝으로 짚어 나가며 읽었다.

어제 엄마가 전화를 하셨다.

강의 끝나지 않았느냐고, 방학 시작됐으면 하루빨리 집으로 내려오라고, 학원가는 물론이고 시국이 뒤숭숭해 요즘 잠자리가 불안하다고, 아빠도 나를 몹시 보고 싶어하신다고 엄마는 나를 달래고 어루듯 말씀하셨다. 나는 방학중에만 수강할 수 있는 토플 강좌를 수강하고 싶다고 말씀드렸다. 꼭 듣고 싶었던 강좌이기 때문에 이번 방학에는 집에 못 내려갈 수도 있다고. 엄마는 못내 서운해 하셨다. 어쨌든 며칠이라도 집에 다녀가라는 당부와 함께 전화가 끊겼다.

물론 내가 대구에 남아 있으려는 이유는 그 사람 때문이다. 집에 내려가거나 잠시 다녀오더라도 일단 그 사람을 먼저 만나고 난 뒤에 움직일 것이었다. 하지만 그는 닷새 전에 잠깐 본 뒤 아직도 나타나지 않고 있다. 어젯밤에 지나치던 걸음인 양 그가 숙직하는 도서관까지 찾아갔는데 그는 없었다. 그의 후배가 대신 건물을 지키고 있었다. 당분간 도서관을 대신 지켜주기로 했다는 것이다. 아쉬운 발걸음을 돌려야만 했다.

나는 벽에 기댄 채 책을 읽다가 깜박 잠이 들었다. 이불을 깔아놓은 따뜻한 아랫목에 발을 넣고 무릎을 세우고 있다가 나도 모르게 벽을 타고 스르르 모로 픽 쓰러진 것이다. 낮인지 밤인지도 모를 깊은 잠이었다.

어느 순간 나는 꿈을 꾸었다.

꿈속에 재석 씨가 나타났다.

그동안 나는 그 사람 꿈을 몇 번 꾼 적이 있다. 하지만 이렇게 또렷하고 명징하게 그 사람 얼굴이 보이기는 처음이었다. 나의 꿈 세계에서 그런 전례가 없었다. 보통 내 꿈에 나타나는 모든 사람들의 목소리는 분명한 반면 얼굴은 대개 흐릿하게 나타났다. 하지만 이번 꿈은 달랐다. 푸른 바다가 내뿜는 듯한 해미가 온 세상에 가득해 천지를 분간할 수가 없었다. 그 안에서 나는 방향을 잃었다. 사방에다 대고 "거기 누구 없어요?" 하고 쉼 없이 외쳤다. 얼마나 외쳤을까. 솜이불처럼 두툼한 안개 더미를 헤치고 어느 순간 그가 내 앞에 불쑥 나타났다. 혼자였다. 그의 이목구비는 현실에서 내가 눈이 보인다면 봤을 바로 그 수려한 얼굴로 나를 향해 웃었다. 나는 자연스럽게 그를 볼 수 있고 그를 만났다는 기쁨에 그를 따라 환하게 웃었다. 그는 나를 향해 고개를 한 번 크게 끄덕였다. 따라오라는 듯한 신호였다. 그는 성큼성큼 앞으로 걸어 나갔다. 마치 두꺼운 안개를 몰아 쫓듯이 그의 걸음이 쭉쭉 길을 끊어내자 이내 갓 씻은 듯한 세상이 발끝에서 말끔하게 드러났다. 그는 퇴색한 잔디가 깔린 가파른 언덕을 아주 가볍게 올랐다. 오를수록 푸른빛으로 가득 찬 세상이었다. 나는 그를 따라잡기 위해 그를 부르며 종종걸음 쳤지만 자꾸만 발을 헛디뎌 잔디에 미끄러졌다. 몇 번이나 나뒹굴었다. 칼바람이 쌩쌩 부는 것으로 보아 계절은 내가 꾸는 꿈 밖의 현실처럼 한겨울이었다.

나는 가쁜 숨을 몰아쉬며 간신히 그가 오른 언덕 위로 올랐다.

"어머나! 재, 재석 씨 뭐 해?"

나는 깜짝 놀랐다.

거대한 넓이의 푸른 물 앞에 서 있는 그는 알몸이었다. 나는 당황스럽고 어리둥절한 눈길을 피할 겸해서 내가 올라온 길을 황급히 돌아보았다. 그러니까 내가 올라온 가파른 언덕은 저수지의 경사면이 되는 둑인 듯했다. 그런데 신기한 것은 차가운 세찬 바람으로 인해 두꺼운 얼음이 얼어 있어야 할 저수지 물은 그야말로 여름빛이었다. 푸른 나뭇잎이 가득 쌓인 것처럼, 버드나무 녹음(綠陰)이 치렁치렁 드리워진 것처럼 수면은 맑고 푸르렀다. 나는 칼바람을 맞아 턱과 이가 동시에 덜덜 떨릴 정도로 추운데 그는 알몸으로 여름 앞에 서 있는 듯했다. 마치 작열하는 태양 아래 서서 시원한 물에 텀벙 뛰어들려는 사람처럼 그는 장난스럽고도 기분 좋은 미소를 머금고 있었다. "어때?" 하듯이 그가 자랑스레 나를 돌아보았다. 나신(裸身)인 그를 차마 쳐다볼 수 없어 나는 두 손으로 얼굴을 가렸다. 그 순간 그는 텀벙! 하는 물소리와 함께 커다란 파장을 일으키며 물속으로 뛰어들었다.

"뭐, 뭣 하는 거야?"

기겁하듯이 놀란 나는 눈을 동그랗게 떴다.

"재석 씨! 춥잖아, 얼른 나와! 밖으로 빨리 나오란 말이야!"

나는 악을 써댔다. 하지만 그는 한없이 넓은 푸른 수면 안쪽으로 유유히 헤엄쳐 나아갔다. 나는 짙은 시퍼런 물살이 무서워 물가에서 발을 동동 굴렀다. 빨리 헤엄쳐 나오라고 계속해 소리쳤다. 그런데도 그는 들은 체도 않고 저수지 중간 지대까지 단번에 헤엄쳐 갔다. 그러고는 쏙! 하고 그의 머리가 물속으로 잠겨버렸다.

"장난치지 마! 하나도 재미없어! 빨리 안 나와! 열까지 셀 동안 안 나오면 그냥 가버릴 거다! 하나, 둘, 셋, 넷……!"

나는 열을 다 세었다. 그 열을 몇 번쯤 더 초조하게 세어도 그는 수면 위로 떠오르지 않았다. 그는 수면 밑으로 완전히 가라앉아 버린 것이다. 큰일이었다. 내 가슴이 혼비백산하듯 쿵쾅쿵쾅 뛰었다. 한 마리 물고기처럼 펄떡거렸다. 공포에 질린 나는 이윽고 비명을 내질렀다. 물가에 털퍼덕 주저앉아 겁에 질린 아이처럼 엉엉 울기 시작했다. 내 눈은 눈물로 얼룩져 모든 풍경이 다시 흐려졌다. 그 순간 이상한 일이 벌어졌다. 캠퍼스 면적보다 더 넓어 보이던 거대한 저수지가 어느 순간 확 줄어들었다. 조금 전까지만 해도 내 주변이 온통 물이고 산이었지만 내가 두 발을 비비적거리며 울고 있는 곳은 푸른 숲속이었다. 놀랍고도 신기했다. 거대한 저수지가 푸른 숲으로 변한 것이다.

내 앞에는 둥근 밥상 크기의 작은 옹달샘이 있었다. 그 수면 위에 내가 그토록 찾고 있는 그의 얼굴이 어려 있었다. 나는 사방을 휘돌아보았고 다시 옹달샘을 내려다보았다. 고개를 갸웃거리며 눈동자를 굴렸다. 금세 그의 얼굴이 수면 위에서 사라졌다. 그렇다면 거대한 저수지가 이 옹달샘으로 변한 것일까? 옹달샘은 아주 맑아 바닥에 가라앉은 나뭇잎이 다 보일 만큼 투명했다. 나는 옹달샘 속을 들여다보고 또 들여다보았다. 그가 이 옹달샘 밑으로 가라앉아 버렸거나 눈으로 만든 사람처럼 완전히 녹아버리기라도 한 듯이. 그가 이대로 영원히 사라지는 건 아닐까? 정말로 죽어버린 게 아닐까? 그런 생각에 아주 슬프고 서러웠다. 슬프게 울면서 옹달샘 속으로 손을 집어넣었다. 옹달샘은 바닥이 손끝에 닿을 정도로 얕았다. 나는 그 사람 이름을 부르면서 물밖에 없는 옹달샘 물속을 자꾸만 헤집었다. 그런데 이윽고 뭔가 잡혔다. 손에 잡히는 것들을 자꾸만 물 밖으로 집어냈다. 옹달샘 안은 투명한 물만이 고여 있었지만 내 손에는 옹달샘에 녹아 있는 그의 신체 부분부분이 느껴지고 만져졌다.

이것은…… 물방울이 된 그의 발가락이야. 이것은 그의 발꿈치고, 이것은 그의…… 발바닥이야. 이것은 분명 그의 윗입술이고…… 맞아, 이것은 머리 오른쪽 관자놀이 밑에 달렸던 그의 귀가 분명해. 그리고…… 이것은, 이것은 그의 상큼한 콧날이야, 또 이것은 그의 왼손과 팔목이고…….

나는 물방울로 변한 그의 몸을 쉼 없이 건져내 내 옆에 쌓았다. 마치 그의 몸을 조립하듯이 그의 발바닥에서 차곡차곡 머리까지 쌓아가며 그의 몸 빈 부분을 채워 나갔다. 내가 물에서 그의 몸 조각조각을 땅바닥에 건져 쌓아 나갈수록 옹달샘 수면 높이는 점점 낮아졌다. 반대로 내 옆에 쌓인 물기둥은 점점 사람 형태를 띠어 갔다. 파래 같기도 하고 미역 같기도 한 그의 머리칼로 된 물방울을 건져 물기둥 맨 위에 얹자 물기둥은 단번에 다시 사람으로 변했다. 알몸인 재석 씨였다. 그는 마치 물속으로 첨벙 뛰어들었다가 지금 방금 물 밖으로 걸어 나온 것처럼 가슴팍과 등, 어깨, 팔에서는 물방울이 쉼 없이 뚝뚝 흘러내렸다. "어때? 놀랐지?" 하고 그는 긇리는 표정으로 나를 돌아보았다.

"정말 못됐어! 내가 얼마나 놀랐는지 알아!"

나는 그가 너무 반갑기도 하고 밉기도 해서 빙긋이 웃고 선 그의 가슴을 두드리듯 안겨들었다. 그 순간이었다. 픽! 하는 소리와 함께 그는 온데간데없이 사라졌다. 공든 탑이 쓰러지듯 물기둥 하나가 나를 향해 곧장 쓰러졌다. 물벼락을 맞은 내 온몸이 젖었다. 이, 이 사람이 또 어디로 갔지? 나는 잠시 어리둥절했지만 이내 경악했다. 그가…… 그가 다시 산산이 부서진 물방울 속으로 사라져버린 것이다. 더욱이 산산조각 난 물방울에 녹아 있는 그의 몸 곳곳은 옹달샘으로 다시 흘러 들어가는 게 아니고 이번엔 땅속으로 빠르게 스며들고 있었다. 안 돼! 안 돼! 나는 비명을 지르면서 열 손가락으로 젖은 땅을 마구 파내기 시작했다. 그러나 한번 엎질러진 물을 다시 주워 담을 수 없는 것처럼, 흔적 없는 그는 젖은 흙 속에 스며 있었다. 나는 진흙 속을 매만졌지만, 그의 몸 그 무엇도 만져지지 않았다. 나는 용케 그를 잘 건져 올렸다가 단번에 그를 파괴해 버린 것이다. 어리석게도 그를 진흙이 되게 한 것이다. 나는 울부짖었다. 울부짖는 나 또한 어느새 알몸이었다. 나는 숨 가쁘게 진흙을 내 온몸에 거칠게 발랐다. 그가 땅속으로 스며들기 전, 메마르기 전 진흙으로 변한 그의 몸을 나의 몸에 묻혀 잡아두려는 듯 온몸에 진흙을 마구마구 발랐다. 그러는 사이 내 머리 위와 주변이 한꺼번에 노래졌다. 태양이 가까이 다가온 듯 후끈후끈한 열기가 사방에서 쏟아지자 진흙을 온몸에 바른 내 몸이 금방 꾸덕꾸덕 굳기 시작했다. 숨쉬기도 힘들었고 잘 움직일 수도 없었다. 나를 에워싼 공기는 더욱 뜨거워져 진흙이 가득한 내 몸은 이내 석고상처럼 단단하게 굳어갔다. 손가락 하나 까딱할 수가 없었다. 나는 마구 비명을 질러 댔다. 나의 비명 소리에 놀란 듯 숲이 눈에 띄게 더욱 푸르러지고 투명해졌다. 그러자 숲의 나무가 마치 부푸는 물풍선처럼 제각기 푸르게 부풀더니 이윽고 퍽! 퍽! 소리를 내며 여기저기서 마구 터졌다. 나무들이 터져 만들어낸 그 물결은 도도하고 거셌다. 그 물결은 마치 거대한 강물처럼 진흙으로 굳어버린 나를 향해 완악하고도 거세게 밀려왔다.

"악!"

나는 그제야 단말마 비명을 내지르며 꿈에서 깨어났다. 꿈속에서 젖은 것처럼 나의 온몸은 땀으로 홍건했다. 참으로 기이한 꿈이었다. 나는 연신 가쁜 숨을 내쉬었다.

그 순간이었다.

누군가 내 방문을 세차게 두드리는 소리를 들었다. 어쩌면 진작부터 두드렸을지도 모르고, 내가 꿈에서 깨어난 것도 세게 두드리는 그 소리 때문이었는지도 모른다. 누군가 내 이름을 문 바깥에서 연신 다급하게 불렀다. 재석 씨가 아닌 다른 남자 목소리였다. 불길했다. 누가 내 목에 얼음으로 된 송곳을 들이댄 것처럼 소스라치게 일어난 나는 문을 향해 조심스럽게 걸어갔다. 섬뜩한 느낌이 가슴에 엄습했다.

나는 손목시계 뚜껑을 열고 손끝을 가져갔다. 한지 바닥지가 깔린 방바닥이 늪으로 변한 것처럼 내 발바닥이 쑥쑥 빠지는 낯선 느낌이었다. 내가 아직 잠이 덜 깼나? 꿈과 현실의 경계가 구분이 안 갔다. 시각은 밤 9시 20분경이었다. 그러니깐 오후 3시경 무렵에 내가 책을 읽고 있었으니까 난 생각보다 아주 길고도 깊은 잠에 빠졌던 것이다.

"누……누구세요……?"

"접니다. 최병진! 기억하실지 모르겠지만 전번에……."

"아…… 네에. 알아요."

재석 씨와 가장 친하다던 바로 그 사람이었다. 그렇다면 혹시 재석 씨도 함께 왔을까? 나는 반가움으로 황급히 잠금쇠를 따고 문을 열었다.

"아, 안녕하세요?"

"……네에……!"

밖에는 눈이 내리고 있었다. 함박눈이었다.

"재석 씨는요?"

"네, 그게……."

"같이 안 왔나요? 숨어 있죠? 재석 씨! 장난치지 말고 빨랑 나와. 어……? 정말인가 보네. 그렇담 재석 씬 근처에 물건 사러 갔나요?"

그는 침통한 표정으로 무거운 침묵을 지키다가 내가 다시 다그치듯 묻자 비로소 사실을 털어놓았다. 재석 씨가 지금 중부경찰서에 체포돼 있다는 것이었다. 오늘 저녁 7시경 D대 후문 쪽으로 총학생회 소속 학생들과 인문대 학생회 소속 학생 여섯 명이 걸어 나오다가 체포조를 형성한 사복 경찰들에게 급습을 당했다는 것이다. 여섯 명 중 체포된 유일한 학생이 재석 씨라고 했다. 후문 길을 걸어 내려오다가 길가 복사집과 골목, 그리고 붕어빵 장사로 위장해 있던 예닐곱 명의 형사들이 학생회 간부들을 급습했지만 용케 다섯 명은 튀어 달아나고 한 명만이 체포되었다고 했다. 그 시간대라면 내가 그 사람 꿈을 꾸고 있던 시간과 일치했다.

놀란 나는 정신을 차리기 힘들었다.

"그, 그럼 어떻게 되는 거죠? 재석 씨는요?"

"글쎄요. 오늘 그 자식들의 용의주도함을 미루어볼 때 쉽게 풀려나
기는 좀 힘들 것 같긴 합니다만……. 네, 어쨌든 우리 쪽에 총비상이
걸렸습니다. 학교 당국도 그렇고 저희 총학 쪽에서도 이곳저곳 선을
연결시키고 있습니다. 신속하고 적절한 대처 방법을 찾고 있습니다."

그는 자책감이 깃든 한숨을 푹 내쉬고는 말을 이었다.

"제가 이렇게 희연 씨를 찾아온 것은 재석이 말을 전하기 위해서입
니다. 근데 가만 생각해 보니 이상하군요. 그 친구 마치 이런 일을 예
상이라도 한 것처럼 며칠 전에 제게 이렇게 말했거든요. 혹시라도 자
신이 체포당하면 먼저 희연 씨한테 알려 고향집으로 내려가 있으라고
요. 아마도 희연 씨가 아무것도 모른 채 무작정 기다리시는 게 맘에 걸
렸던 모양입니다."

"맙소사! 지금 제가 문제가 아니잖아요?"

"어쨌든 희연 씬 그렇게 하십시오. 저희들도 방법을 모색해서 빠른
시일 안에 재석이를 구할 테니까 일단 희연 씨는 집으로 내려가 계십
시오. 그러면 상황이 전개되는 대로, 그리고 좋은 소식 있으면 제가 곧
바로 희연 씨 고향집으로 연락을 넣겠습니다. 약속드리겠습니다. 정말
죄송합니다. 저만…… 그렇게 정신없이 달아나느라 그 친구를 챙기지
못했던 게…… 하지만 어떻게 해서든 방법을 찾아보겠습니다."

"아…… 참! 그쪽으로 연락 취해 보셨어요? 재석 씨 누나 남편 되시

는 분이 대구지검 검사시랬어요! 자형 되시는 그분에게 연락을 넣으면 어떤 도움이라도 받을 수 있지 않을까요?"

"네. 벌써 넣어봤습니다."

"근데요?"

"황명수 검산데요. 제가 직접 통화했습니다만…… 솔직히 말씀드려서, 흐으음! 별로 좋은 대답을 듣지 못했습니다. 데모와 관련된 시국사범은 현재 자신의 입장에서도 어쩔 방법이 없다고 하더라고요. 아마도 중앙에서 시국 관련 사상사범은 하나도 남김없이 발본색원해서 법대로 엄중 처벌하라는 강경 지시가 떨어진 모양입니다. 대검에서 지검으로 말입니다. 그 사람은 재석이 건을 쉬쉬하고 덮어두고 싶다는 어투였습니다."

"그럴 리가요? 어쩌면 그럴 수가…… 있죠? 남도 아닌데?"

"보신주의겠지요. 그리고 그 사람들 원래 이 공안 정권의 사냥개들 아닙니까? 하나 물었다고 하면 뿌리까지 다 뽑으려고 하지 그냥 풀어줄 작자들이 아니죠. 하여튼 간에 학교 당국도 최선을 다하고 있으니까 기대해 봐야죠. 희연 씨, 아셨죠? 너무 큰 걱정은 하지 마시고 일단 내일이라도 집에 내려가 계세요. 그게 재석이나 저희를 돕는 겁니다. 그럼, 전 이만 바빠서 총학실로 돌아가 봐야겠습니다."

"네에……! 꼬옥 방법을 찾아내 주세요! 부탁드릴게요!"

"이르다뿐입니까? 안 되면 제가 중부경찰서를 박살내더라도 반드시 구출해 내겠습니다. 그만 들어가세요. 저, 갑니다. 빌어먹을! 갑자기 웬 눈이 이렇게 퍼붓듯이 쳐내린담?"

병진은 빠르게 층계를 밟고 지상의 거리로 올라가 사라졌다.

나는 다리가 후들거렸다. 아직도 악몽을 꾸고 있는 것 같았다. 그가 체포되다니……! 맙소사! 나는 방으로 들어와 문을 잠그자마자 온몸에 힘이 빠져 등을 문에 댄 채 스르르 주저앉았다.

검사 말처럼 시국이 공안정국이었다.

군사정권으로서는 바른말을 해대며 동료 학생들과 국민들을 일깨우고 선동하는 데모 주동자와 주모자들이 눈엣가시 같은 존재들이었다. 아마도 학기가 끝나 가고 방학이 시작되는 이 시점이 대학생들이 뿔뿔이 흩어지면서 뭉치기 힘든 최적기라고 보고, 아직 학교에 남아 있을 각 대학교 총학 소속의 간부 학생들을 대대적으로 잡아들이라는 엄명이 상부로부터 그들에게 내려진 게 틀림없었다.

나는 두 손을 모아 쥐고 계속해서 그의 이름을 불렀다. 그의 이름을 통해 어딘가에 있을 그의 마음을 찾아내기라도 할 듯이 간절하게 부르고 또 불렀다.

그는 지금 틀림없이 경찰서 안에서 취조를 받고 있을 것이다. 사면이 싸늘한 시멘트 벽 방인 취조실. 허공에는 형광등이 켜져 있고, 책상 하나를 사이에 두고 우악스럽기 짝이 없는 공안 형사들 앞에서 손목을 뒤로 하고 수갑이 채워진 채 딱딱한 나무의자에 반듯이 앉아 있을 것이다. "이 새끼! 빨리 불지 못해!" 하고 주먹과 발길질이 그에게 마구 쏟아지고 있을 것만 같았다. 나는 그런 장면을 떠올리자 미칠 것 같았다. 너무 괴로워서 숨을 제대로 쉬기가 힘들었다.

흡혈귀처럼 광주의 피를 빨아먹은 일단의 정치군인들이 쿠데타로 정권을 찬탈해 세운 이 군사정권이 데모를 주도하는 학생들에게 덮어씌우는 꼬리표는 여지없이 빨갱이었다. 너희가 북한 정권의 지령을 받아 남한의 사회체제를 어지럽히고 결국은 적화통일을 이루려는 불순한 저의를 가지고 시위를 꾸미고 선동했던 것이 아니냐며 사람을 무자비하게 짓밟고 족쳐댈 게 뻔했다. 지금은 체포된 지 얼마 안 되어 경찰서 취조실에 있을지 모르겠지만, 조만간 그는 아무도 위치를 모르는 안가(安家)라고 불리는 지방 대공분실 지하실로 끌려갈지도 모른다. 전신인 중앙정보부에서 이름만 탈바꿈한 안전기획부가 전국 산하에 비밀리 운영하는 안가의 악명이 얼마나 자자한지 나도 익히 들어 잘 알고 있었다. 완전 폐쇄되고 밀폐된 그곳에서 "아는 것을 다 불라!"며 일반인들은 상상도 할 수 없는 고문을 저지르는 곳으로 알려져 있다. 사람을 발가벗겨 놓고 개 패듯이 패는 곳이다. 한번 들어가면 모르는 것도 알게 되고 아는 것도 모르게 되는 곳. 고문 기술자들이 물고문과 전기고문을 비롯해 온갖 고문을 해대며 그 사람과는 아무 관련 없는 죄를 제멋대로 만들어 다른 사람들까지 줄줄이 엮어 커다란 시국 사건을 거짓으로 꾸며내는 곳으로 잘 알려져 있었다.

그가 그런 처지에 놓이게 되다니! 어, 어쩌다가! 아……!

이런 순간이 오게 될까 봐 그를 알게 된 이후 마음 한켠이 늘 불안하고 두려웠었다. 잠을 자도 마음 한켠에 불안이 눈을 빤히 뜨고 나를 노려보고 있는 것 같은 그런 느낌! 그런데 정말 이런 무서운 일이 닥치지 않았는가!

나는 가슴이 빠개지는 것처럼 아파서 숨쉬기조차 힘들었다. 이렇게 그냥 방 안에만 앉아 있으려니까 머릿속이 두려움으로 폭발할 것 같았다. 그에 대한 아픔과 그리움으로 가슴이 갈가리 찢기는 것 같았다. 나는 실성한 여자처럼 손에 걸리는 대로 파카를 걸치고 맨발에 걸리는 대로 운동화를 신고 집 밖으로 휘적휘적 걸어 나왔다. 더 굵어진 눈발이 휘날리고 있었고, 이미 발목이 들어갈 만큼 흰 눈이 길 가득 쌓여 있었다. 만약 그가 체포되었다는 날벼락과도 같은 비보를 듣지 않았다면 소담스러운 이 눈은 평화로운 축복일 것이었다. 온 세상이 흰 눈으로 덮인 이 아름다운 밤, 그가 내 방에 들러줄지도 모르니까 나는 내 방으로 내려오는 층계 입구에 두 개의 조그만 눈사람을 만들어 나란히 세워두었을 것이다.

나는 퍼붓는 눈을 헤치고 두 손으로 앞을 가늠하며 D대 후문을 통해 캠퍼스로 들어갔다. 도서관과 보건학교 앞에선 눈싸움하는 소리가 여기저기서 들렸다. 펑펑 퍼붓는 흰 눈에 걸맞은 유쾌하고 행복한 목소리였다. 나는 뜨거운 눈물을 흘리며 퍼붓는 눈을 맞으며 서 있었다. 갈 데가 없었다. 총학생회 사무실을 찾아갈 수는 있지만 나는 그들에게 아무런 도움도 되지 못하고 오히려 신경만 쓰이게 할 뿐이었다. 그렇다고 그가 없는 도서관에 갈 이유도 없었다. 이 길로 쭉 걸어가면 50미터 안 되는 곳에 그가 밤마다 잠을 자던 거대한 성채 같은 도서관이 있다. 하지만 그가 없는 도서관은 많은 학생들이 공부를 하고 있어도 내겐 텅 빈 거나 다름없었다. 성의 주인이나 다름없는 그가 체포돼 경찰서로 끌려간 이상 도서관은 퍼붓는 이 눈발에 묻혀 가뭇하게 사라져버린 것이나 다름없었다.

나는 발길 닿는 대로 정신없이 캠퍼스 안을 걸어갔다.

20센티미터는 족히 쌓인 눈은 내 발에 익숙하게 닿았던 보도블록의 경계와 층계, 그리고 땅의 높낮이를 이미 다 지워버렸다. 나는 사범대와 광명학교 쪽으로 걸어가는 데도 몇 번이나 난간에 부딪혀 넘어졌다. 그러나 하나도 아프지 않았다. 마음이 찢어지는 고통에 비해 미끄러지고 부딪히는 아픔은 눈송이 하나의 무게만큼도 되지 않았다.

측백나무가 줄지어 선 광명학교 앞을 지나는데 광명학교 언덕 쪽에서 아는 목소리가 들려왔다.

"어디 가?"

진철이었다.

"……!"

"어디 가는데?"

"지, 진철이구나."

"응. 힛히."

"거기서…… 뭐 해?"

"나? 그냥 있어."

나는 천천히 그 아이 목소리가 들리는 쪽을 향해 걸어갔다. 그리고 그 아이 숨소리가 닿는 쪽으로 내 한 손을 천천히 뻗었다. 내 가슴께의 키밖에 안 되는 그 아이 머리와 어깨가 만져졌다. 마치 두툼한 솜을 머리와 어깨에 두른 것처럼 흰 눈이 쌓여 있었다. 묻지 않아도 알 수 있었다. 누군가…… 또 어느 예쁜 여대생이 이 아이를 눈밭에 세워둔 것이다. 그 여자는 광명학교에 들어갔을 수도 있고 근처 사범관이나 인문관에 들어가 있을 수도 있다. 하지만 나는 더 이상 진철에게 묻지 않고 그 아이 옆에 나란히 섰다.

"뭐야?"

"……뭐가?"

"왜 내 옆에 서?"

"그냥…… 그러고 싶어서!"

"힛히히. 추워, 그치?"

"……그래."

"이상해. 우는 거야?"

"아, 아니."

"우는 것 같은데?"

"……!"

"나, 집에 갈 거야. 울지 마!"

"정말?"

"응. 그러니까 울지 마!"

"……알았어. 집에 들어가면 엄마한테 따뜻한 생강차 같은 것 끓여

달라고 해서 마시고 자. 몸도 녹이고. 안 그러면 진철이 감기 들지도
몰라."

"엣취 한단 말이지?"

"그래. 눈 올 땐 옷도 더 따뜻한 것 입고 다니고."

"힛히히. 넌 양말도 없잖아."

"난 괜찮아. 금방 집으로 돌아갈 테니까. 진철이 가고 난 담에."

"힛히히. 알았어."

진철이는 눈 밟는 소리를 내다가 후문 방향 쪽으로 천천히 사라졌다.

진철이가 집에 돌아가고 한참 뒤까지도 나는 그 아이가 서 있던 자
리에 그대로 우두커니 서 있었다. 죽을 것처럼 마음이 아팠다. 내 머리
위와 어깨에도 눈이 가득 쌓였다. 온몸이 추위에 파먹힌 사시나무처럼
떨려 왔지만 마음은 오히려 조금씩 편안해지는 느낌이었다.

이렇게…… 이렇게 진철이처럼 서 있으면 누군가 머잖아 기다리던
사람이 대부분 와주듯이! 나도 진철이 마음으로 서 있으면 내가 기다
리는 재석 씨가 와줄 것 같았다. 내가 여기에 서서 기다린다는 것을 본
능적으로 알고 그가 함박웃음을 띠면서, 내 이름을 부르며 저만치서
뽀득 뽀드득, 눈 밟는 소리를 하늘 가득 울리며 걸어올 것 같았다. 그
래. 그럴지도 몰라. 정말 그랬으면 좋겠어. 그 마음으로 나는 그렇게
오랫동안 그 자리에 서 있었다. 처음으로 나는 진철이가 되어 내 기다
림이 와주기를 의심 없이 믿으려 애쓰며 한 자리에 붙박여 선 나무처
럼 그를 기다렸다. 내가 이렇게 눈에 파묻혀 얼어 죽더라도! 그가 무

시무시한 경찰서에서 이 순간 걸어 나올 수만 있다면 이대로 얼어 죽어도 좋을 것 같았다.

서걱 서걱 서걱……! 허공에는 서걱거리는 소리가 가득하다.

눈 내리는 소리에는 사과 깎는 소리가 난다. 마치 어둡고 어두운 시커먼 이 밤을 투명한 칼로 깎아 어둠에서 흰 빛과 흰 눈을 깎아 내듯이. 그렇게 허공에 날리는 눈송이들은 서로 맞부딪치면서 흰 배 속살 깎는 소리를 냈다. 내 마음을 저미듯 깎는 소리 같기도 했다.

그가 위험에 처하자 이 세계가 한꺼번에 위태로웠다.

그의 위태로움이 내 마음 가득 쌓여 아무것도 떠오르지 않았다.

"기적이 일어나 그가 내게로 걸어와 주었으면! 지금 내게로 와 내 손을 잡아주고 내 뺨을 만져준다면! 이 세상은 지금 공포와 두려움을 낱낱이 지상에 뿌리는 것이 아니고 다시 흰 눈이 내리는 아름답고 평화로운 밤으로 변할 수 있을 텐데!"

나는 간간이 그렇게 눈 내리는 하늘을 향해 얼굴을 젖히고 미친 여자처럼 속절없이 중얼거렸다.

"아빠의 하나님! 도와주세요! 이 눈이 그치기 전까지 그가 자유로워질 수 있도록 제발 도와주세요!" 하고 어쩔 수 없이 나는 애끊는 마음이 되어 하늘 높은 데 계신 분을 찾았다. 흰 눈 뿌리는 데만 신경 쓰시지 말고 무시무시한 공간에 갇혀 있는 재석 씨를 단번에 쑥 하고 끄집어내 달라고 나도 모르게 빌고 또 빌었다.

탐스러운 흰 눈은 끊임없이 내렸다.

세상 전체를 거대한 흰 입으로 삼킬 듯이 무한한 식탐을 빛내며 내
렸다. 흰 눈이 세상을 두껍게 덮고도 남아 내 안에까지 그득그득 쌓였
다. 나는 입술을 질끈 깨물고 기다렸다. 몸이 추위에 얼어붙고 정신에
금이 가는 소리가 귀에 들렸지만 아랑곳하지 않았다. 어쩌면 이 순간
그가 그곳에서 풀려났으리라. 내가 조금만 이렇게 서 있으면 그가 내
게로 걸어와 주리라. 나는 꼼짝하지 않고 진철이가 있던 자리를 지켰
다. 눈이 세상의 모든 소리를 잡아먹어 캠퍼스 안에 고요가 가득 쌓여
온 세상이 희게 잠들 때까지. 눈사람이 된 나는 그 자리에 서서 자정이
넘도록 오직 그만을 마냥 기다렸다.

중부경찰서

이틀 동안 나는 지독하게 아팠다.

차가운 눈을 오랜 시간 맞는 동안 내 몸 속속들이 스며든 추위와 그에 대한 걱정으로 생겨난 몸살이었다. 온몸이 불덩이처럼 열에 들끓고 신음 소리를 내뱉으면서도 나는 그의 이름만을 불렀다. 나는 내 몸을 염려하지 않았고 구금된 그만을 걱정했다. 이제나저제나 그의 소식이 오기만을 기다렸다. 사흘째 되던 날 나는 입 안에 약을 털어 넣고 D대 총학생회를 찾아갔다. 다행히 병진 씨가 나를 먼저 알아보고 비상회의 자리에서 일어나 복도로 걸어 나왔다.

"어, 어떻게 됐어요?"

"집에 내려가시지 않았군요."

"갈 수가 없었어요. 그 사람은요?"

"아직 좋은 소식이 없어 알리지 못했습니다. 오전에 학생처장님을 비롯한 학교 관계자 몇 분이 경찰서에 다녀왔습니다만…… 풀어줄 수 없다는 답만 듣고 왔습니다."

"이유가 뭐예요? 재석 씨가 전대협(전국 대학생 대표자 협의회) 간부도 아니고 수배된 것도 아니잖아요."

"그게…… 흐으음! 그 자식들이 자료사진을 많이 찍어두었던 모양입니다. 대구역 앞 집회도 그렇고, 학교 앞 시위도 그렇고, 아마도 건물 옥상 같은 데서 망원 렌즈 달린 카메라를 사용해 시위를 주도하는 재석이를 촬영했을 겁니다. 그래서 지금 데모 주도 건으로 조사받고 있는 모양입니다. 그래도 희망을 잃진 마십시오. 많은 사람들이 여러 방면으로 대책을 강구하고 있으니까요. 그런데 희연 씨 얼굴이 너무 핼쑥합니다. 아픈 건 아닙니까? 마음을 많이 쓰셨나 보군요."

"전 괜찮아요. 신경 쓰지 마세요. 그런데요, 재석 씨가 잡혀 들어간 지 벌써 사흘째잖아요. 그동안 그 사람이 어떤 일을 당하고 있는지도 모르는데 이렇게들 마냥 앉아서 회의만 하시면……."

"네, 저희들 속도 타들어 갑니다. 그렇다고 저희들이 경찰서를 찾아가는 것은 섶을 지고 불에 뛰어드는 격이고……. 학교 당국에서는 조금 더 시간적 여유를 두고 방법을 찾아보자면서……. 상황이 어떻게 돌아가는가를 관망하는 추세로 돌아선 것을 보면 답답합니다. 휴우, 정말 친구인 저도 괴로워 죽겠습니다. 저희들이 왜 그때 그렇게 무방비 상태로 어리석게 행동했는지!"

잠시 뒤였다.

나는 뭔가를 준비해 D대학 정문 쪽으로 걸어 나와 택시를 잡아탔다. 눈 온 뒤라서 거리는 매서운 겨울바람에 아스팔트가 여기저기 얼어붙어 있었다. 미처 치우지 못한 눈이 얼어붙어 막 출발한 차바퀴가 쉼 없이 덜컹거렸다.

"그래, 중부경찰서라고?"

"……네."

퉁명스러운 반말 투의 운전기사는 화가 난 듯 차를 거칠게 몰았다. 맹인인 줄 모르고 차를 세웠다가 내가 차를 타고 난 뒤에야 알아챈 것이었다. 나는 뒷좌석에 잠자코 앉아 있었다. 시각장애자들은 아침에 택시 타기가 힘들다. 특히 하루 운세를 생각하는 기사들이라면 절대로 마수걸이인 첫 손님으로 장애인을 태우지 않을 것이다. 재수 없다고 생각하는 것이다. 시각장애자들은 이른 아침에 물건을 사러 가지도 못한다. 상점 주인이나 음식점 주인, 옷가게 주인 가운데는 재수 없다며 음식이나 물건을 안 판다고 대놓고 말하는 사람이 있기 때문이다. 대놓고 소금까지 뿌려대는 상인들도 있다. 나는 비장애인인 일반인들이 왜 그렇게 생각하는지 이해가 안 된다. 편견을 넘어 터부시하는 그런 행동을 당하는 사람은 그 순간에 말할 수 없는 깊은 상처를 입는다. 그런데도 사람들은 그런 짓을 서슴지 않는다.

껌을 질경질경 씹으며 방만하게 운전하는 기사에 대해 신경 쓸 여력이 없었다. 조금 전 병진 씨와 얘기를 나눈 나는 한동안 혼자 곰곰이 생각하다가 지금의 결정을 내렸다.

그래? 경찰서에 당신들이 못 간다면 나라도 가겠다. 그렇다. 차라리 내가 가는 것이 맞다. 나는 당신들보다 위험하지 않을 뿐더러, 당신들이 그를 동지로서 신뢰하고 좋아하는 것보다도 나는 훨씬 더 그 사람을 사랑하니까. 그런 내가 그를 찾아 나서는 것이 옳다. 더 이상 방 안에만 죽치고 앉아 있거나 몸져 드러누운 채로 그를 기다리지 못하겠다. 몸이 아파 죽을 것 같은 게 아니라 마음이 아파 죽을 것 같다. 시간이 얼마나 더디 가는지 째깍째깍거리는 초침 소리가 전부 다 날카로운 가시가 되어 내 마음에 박히는 것 같다. 그를 무서운 밀폐된 공간에 혼자 놓아두고서 나 혼자 편안하게 밥을 먹고, 따스한 이부자리 속에서 잠자는 내가 도저히 용서가 안 된다. 그는 내 사람이다. 그는 나만의 세상이다. 그가 누굴 사랑해서 날 떠난 것이라면 참겠지만 그것도 아닌 거대한 폭력정권의 수호자들에 의해 체포되고 감금된 이상 참을 수가 없다. 그들이 무섭긴 뭐가 무서운가. 나는 하나도 무섭지 않다. 나는 죄 지은 게 없다. 그도 죄 지은 게 없다. 설사 그들에겐 죄라고 해도 나에겐 죄가 아니다.

나는 경찰서에 있는 그를 찾아가 그의 손을 잡을 것이다. 지금은 혼자 그곳으로 가지만 그곳에서 나올 때는 반드시 그와 함께 나오겠다. 불가능하다고? 턱도 없는 소리라고? 웃기는 얘기라고? 그래, 좋다. 당신들은 당신들 마음대로 그렇게 생각해라. 나는 힘이 없다. 그러나 가장 부드러운 물방울이 가장 단단하고 둔탁한 바위를 뚫듯이, 아주 여리고 여린 나무뿌리가 커다란 바위를 두 쪽으로 가르듯이 나는 그런 작은 힘을 믿는다. 그는 도둑도 아니고 강도도 아니다. 시대적인 양심을 따라 행동한 죄밖에 없다. 그런 그를 놓아달라는 게 왜 터무니없고 부당하고 어이없다고 할 수 있겠는가. 나는 경찰서에 가 당당히 요구할 것이다. 그 사람을 당장 풀어달라고. 아니면 나도 가만 안 있겠다고 할 것이다. "그래? 그럼 네 맘대로 해봐라!" 하고 비웃는 소리가 낭자하겠지. 하지만 괜찮다. 그런 건 상관없다. 나는 나를 믿는다. 현재로선 그를 그곳에서 데리고 나올 사람은 세상에서 나밖에 없다는 것을 믿는다.

결의를 굳건하게 다지며 어금니를 꽉 무는 즈음에 택시가 멈춰 섰다.

"다 왔수다!"

"중부경찰서 바로 앞인가요? 정문 가까이 세워주세요."

"나 원 참! 그렇다니깐! 바로 앞이유!"

나는 택시비를 지불하고 차에서 내렸다. 택시는 떠났다. 차 달리는 소리가 쌩쌩 나는 대로에서 돌아선 나는 근처 사람 소리가 들리는 쪽으로 몇 걸음을 내디뎠다. "충성!" 하는 우렁찬 젊은 전경의 목소리가 저만큼에서 들렸다. 누군가 내 팔을 조심스럽게 잡았다.

"아가씨! 어딜 찾는 중이오?"

오십 대 중후한 아저씨의 사려 깊은 목소리였다. 내가 시각장애인이란 것을 알아채고 내게 도움을 주려고 가까이 온 사람이 분명했다.

"중부경찰서요."

"그래요? 나도 거기 일이 있어 들어가는 중인데 잘 됐구면. 내 팔을 잡고 걷겠소?"

"네. 감사합니다."

"근데 무슨 일로……?"

"네에, 형사님 뵐 일이 있어서요."

"……그래요? 내가 더 물어보긴 그렇고. 알았수다. 아무튼 아가씨 한테 나쁜 일은 아니었으면 좋겠구면."

그 아저씨는 권총을 허리에 찬 전투경찰이 지키는 정문을 가볍게 통과했다. 무슨 용무로 오셨느냐는 말에 그는 운전면허증과 관련된 일로 왔다고 하자 전경은 군말 없이 정문을 통과시켰다. 나도 그 아저씨 덕분에 공연한 분란 없이 정문을 통과할 수 있었다. 아저씨는 참 좋으신 분이었다. 교통과보다도 나를 먼저 형사들이 있는 곳으로 데려다 주겠다며 형사들이 근무하는 사무실 쪽으로 안내해 주었다. 내가 그곳 문 손잡이를 잡고 나서야 그분은 일 잘 보라며 발걸음을 돌렸다. 나는 감사하다며 고개를 깊이 숙였다.

나는 큰 숨을 두어 번 들이쉰 뒤 문을 열고 들어갔다.

아주 넓은 사무실이었다. 책상이 수십 개는 되고 최소한 이삼십 명의 근무자들이 바쁘게 움직이는 공기가 내 온몸에 와 닿았다. 우락부락하게 생긴 덩치 큰 사내들의 움직임과 목소리가 가득했다. 저쪽 안쪽에서는 피의자를 심문하는지 사납게 으르렁거리고 있는 듯한 형사의 목소리도 크게 들렸다. 나는 혹시라도 내 귀에 익숙한 재석 씨 목소리가 들릴까 싶어 문 앞에 서서 한동안 귀를 기울였다.

"엇……! 거기 아가씨, 무슨 일이오?"

"넷?"

"앞을 못 보는…… 것 같은데? 무슨 일로 형사계에 온 거요?"

"형사님이세요?"

"그렇소만. 나, 제2반 윤희중 형사요. 피해 신고하러 온 거요?"

"아닙니다. 사람을 찾으러 왔습니다."

"누구요? 아, 그렇다면 혹시 오늘 아침에 체포돼 들어온 소매치기 정환식의 가족 되는 거요?"

"아뇨. 전 김재석 씨를 찾으러 왔습니다."

"재석……? 어이, 박 형사! 최근에 들어온 피의자 중에서 혹시 김재석 씨라고 있었나?"

"글쎄요……? 아! 그 김재석이! 네. 윤 형사님, 6반에서 지금 심문중인 대학생입니다. 저기 제3실에서 취조받고 있을 겁니다."

"그렇다면! 시국사범인 모양인데……? 몸도 성치 않은 아가씨가 그 친구를 왜 만나려고 해?"

"이봐요, 아가씨! 여긴 일반인들이 찾아온다고 해서 피의자 신분에 있는 사람을 함부로 보여 주는 데가 아냐! 얼른 가보라고!"

"풋흐흐흐…… 어째 보여 줘도 못 볼 것 같구먼!"

"아가씨, 알아들었지? 시국사범은 일체 개인적인 면회가 안 돼. 나중에 조사 끝나고 송치되면 그때 정식으로 면회 신청해서 만나보라고!"

"아닙니다. 전 그 사람을 만나려는 게 아니라 그 사람과 함께 집으로 돌아가려고 여기 왔습니다. 그 사람을 데려가려고 왔습니다!"

"뭐, 뭐야? 지금 이 아가씨 무슨 소릴 하고 있는 거야?"

"제정신이 아닌가 보군!"

갑자기 대여섯 명의 건장한 남자들이 한꺼번에 웃어젖혔다. 수십 년 형사 생활에 이렇게 대책 없이 막무가내로 말하는 사람은 처음 봤다며 그들 중 일부는 어이없어 했고, 일부는 꽤나 재미있어 하는 투였다. 더군다나 앞 못 보는 젊은 여자가 와서 조금도 무섭지 않다는 듯 또박또박 말하자 기도 안 찬다는 반응이었다.

"걔가 당신 가족이야? 아님 애인이야?"

"제가 사랑하는 사람입니다."

"흐으응, 그래? 그럼 아가씨도 D대 학생이야?"

"네. D대 특수교육과 2학년 이희연입니다."

"알겠어. 야무지고 용감한 여학생이군. 하지만 희연 학생, 우리도 여기까지 발걸음해 준 아가씨를 생각해서라도 그를 덥석 내주고 싶지만 6반에선 아직 심문이 안 끝났어. 심문이 다 뭐야? 그 자식이 처음부터 묵비권을 사용해 담당 형사들이 아주 애를 먹고 있다고. 그러니까 일단 희연 학생은 집에 돌아가 있으라고. 조사가 끝나면 그 친구 집으로 돌려보내 줄 테니까. 알았지?"

"……!"

"알아들었냐고?"

"아뇨, 그렇겐 못합니다. 전 재석 씨 손잡고 여길 나갈 겁니다."

"어이, 이봐! 아가씨! 우린 일이 바빠! 좋은 말로 할 때 그만 나가! 여긴 아가씨 같은 사람이 이렇게 들락거리는 데가 아니야. 엉! 배운 사람이면 말귀를 알아들어야지!"

"아닙니다. 이대론 못 갑니다……!"

"헛! 그 아가씨 처음엔 귀엽고 예뻐 보이더니만 이제 보니 보통 강짜가 아니구먼! 아니, 이 새끼들! 정문 지키는 놈은 대체 뭐 하는 거야! 이런 사람을 왜 안으로 들여보내?"

"아가씨! 당장 나가슈! 안 그럼 끌어낼 테니까!"

"눈이 안 보이니까 정말 눈에 뵈는 게 없는 모양이구먼!"

"어이, 강 형사! 공무방해죄로 처넣어 버려!"

"아무래도 그래야겠는데요."

하지만 나는 그들이 조금도 무섭지 않았다. 그들의 비아냥거림이나 위협 따위에 목이 움츠러들고 기가 죽어 돌아설 양이었으면 애당초 경찰서로 오는 택시를 잡아타진 않았을 것이다. 나는 나를 보고 키들거리는 비웃음이 난무하는 허공에다 대고 날카롭게 소리 질렀다.

"재석 씨를 내주세요! 그럼, 당장 갈 테니까요!"

"어, 어라! 저게 악까지 써대네! 이봐! 정 형사, 김 형사! 지금 뭐 하고들 있어? 당장 사무실 밖으로 끌어내!"

"못 가요! 안 가요! 재석 씨를 어서 풀어줘요! 그 사람이 무슨 잘못을 했다고 가두냐고요? 왜 착한 사람을 못살게 구느냐고요?"

나는 누군가 내 손목을 잡자 세차게 뿌리치면서 발버둥을 쳤다. 비명 소리에 가까운 나의 소리는 형사계 안을 쩌렁쩌렁 울렸다. 아마도 그런 소란 탓에 업무실 제일 구석에 있던 취조실 문이 열리고 조서를 꾸미던 형사가 나와 보았고, 이어 손목에 수갑이 채워진 그가 불려 나왔다. 초췌한 얼굴이 분명한 음색인 채로 그가 내 가까이로 빠르게 걸어왔다.

"희, 희연아!"

"재석 씨? 재석 씨! 재석 씨 어딨는 거야?"

"여기. 여기 있어!"

그의 손이 나의 손을 잡자 나의 두 손이 그의 손을 와락 감싸 쥐었다.

"이봐, 아가씨! 아가씨가 하도 야단법석을 피워서 내가 잠시 만나보게 해주는 거야! 그걸 안다면 감사하게 생각하고 잠시 그 친구와 애기 나누다가 조용히 돌아가."

"그건 원칙에 위배되잖아!"

"나도 재만한 딸이 있어. 용기가 가상하잖아."

내 손을 부여잡은 그의 손아귀에 힘이 실리면서 안타깝다는 듯 내 손을 흔들었다.

"뭐 하러 여기까지 왔어?"

"재석 씨가 여기 있으니까 왔지. 어디…… 아픈 데는 없어?"

"그래. 난 괜찮아!"

피곤에 지친 목소리였지만 그의 손은 따스했다. 나는 눈물이 왈칵 치솟아 더 이상 말을 잇지 못했다. 뒤에서 그의 곁을 지나가면서 장부나 사건 파일집 같은 것으로 그의 뒤통수를 후려치는 소리가 들렸다.

"얌마! 학생이면 얌전하게 공부나 열심히 할 것이지. 쓸데없는 데모나 선동질해서 이런 데를 왜 와? 데모를 하려면 차라리 저렇게 예쁜 여학생을 애인으로 두지나 말든지."

"그래, 이 자식아! 넌 앞 못 보는 네 애인이 불쌍하지도 않냐? 하여튼 간에 빨간 물이 들면 그저 앞뒤 분간 못하고 미쳐 날뛰지. 에라이, 이 자식아! 언제 철들래?"

"마! 부끄러운 줄이나 알아!"

"하여튼 간에 정말 이상한 놈 아냐? 어떻게 눈 먼 얘랑 애인 사이가 됐지? 그것도 사회 평등이니 인간 계급 평등이니 하는 것의 실천인가?"

그가 내 손을 잡고 구석진 곳으로 이끌고 가는 동안 형사들이 혀를 차며 내뱉는 소리가 여기저기서 들렸다. 나는 그가 그런 같잖은 소리에 조금도 개의치 않는다는 것을 그의 손을 통해 느낄 수 있었다. 그는 수갑 찬 두 손으로 나의 손을 끊임없이 따스하게 여몄기 때문이다. 형사 한 사람이 의자 두 개를 우리에게 가져다주었다.

"재석 씨, 정말 괜찮은 거야?"

"그래, 걱정하지 마. 근데 좀 놀랐다. 네가 여기까지 올 줄은 정말 몰랐어."

“나, 잘 왔지?”

“그래, 잘 왔어. 네가 많이 보고 싶었으니까. 하지만 다음부턴 이러지 마. 나는 내 할 일을 하는 것뿐이고 내가 겪을 걸 겪는 것뿐이니까. 다시는 이러지 마. 나는 별 탈 없이 풀려날 거고, 다시 학교로 그리고 너에게로 돌아갈 거야.”

“어, 언제?”

“글쎄, 그건 나도 모르지. 하지만 약속할게. 그러니까 희연이 넌 그만 돌아가! 여기선 더 이상 시간을 주지 않을 거야!”

“나, 나만 돌아가라고? 나만?”

“희연아!”

“안 돼……! 재석 씨, 우리 함께 집에 가자. 난 재석 씨를 여기 놔두고는 숨도 제대로 못 쉬겠어. 응? 그러니까 나랑 빨리 여기서 나가자!”

“희, 희연아!”

“내 손만 꽉 잡아. 내가 데리고 나갈게! 우리 손만 놓치지 않으면 여길 나갈 수 있을 거야!”

나는 그의 손을 꽉 잡고 벌떡 일어났다. 그는 부질없다는 듯 그냥 의자에 주저앉아 있었다. 나는 그의 손을 힘껏 잡아당겼다. 나는 나에게 초인적인 능력이 있으면 얼마나 좋을까 생각했다. 그의 손을 잡고 어느 순간 투명인간으로 변해 우리가 무사히 여길 빠져나갈 수 있다면! 내 머리카락이 웬만큼 기니까 성서에 나오는 삼손처럼 어마어마한 힘이 있어 우리를 제지하는 사람들을 단숨에 뿌리치고 성큼성큼 걸어 나갈 수 있다면 얼마나 좋을까! 하지만 세상에 기적이란 말이 있는데 우리에게 없으란 법이 어디 있는가. 우리에게도 기적이 일어날 수 있다. 간절하다면, 목숨을 걸 듯이 간절하다면!

"얼른 일어나! 가자고!"

"희연아! 제발 이, 이러지 마!"

"안 돼! 가야 해! 나가야 해!"

"이봐, 아가씨! 지금 뭐 하는 짓이야? 지금 규정에도 없는 편의를 봐줬으면 고맙게 처신해야지. 더 이상 쓸데없는 소란 일으키지 말고 그만 돌아가! 김재석, 넌 취조실로 다시 돌아가고!"

한 형사가 사납게 우리 손을 떼어놓으려고 했다.

"안 돼요! 이거 놔요!"

"아가씨! 정말 험한 꼴 보려고 이러는 거야? 엉! 얼른 이 손 놓지 못해?"

"못 놔요! 아저씨나 손 떼요!"

"안 되겠어! 도저히 말로는 안 되겠구먼! 야, 임마! 너희들 뭣들 하고 있어? 당장 이 여자 끌어내!"

언제 와 있었는지 전투경찰 세 명이 나에게 한꺼번에 달려들었다. 순식간에 그와 내가 잡은 손이 끊겨지고, 강압적인 전경들의 힘에 의해 내 몸이 허공 위로 번쩍 들려졌다. 나는 발버둥을 쳤다. 그러자 한 전경이 나를 놓쳐 바닥에 발이 떨어진 나는 있는 힘을 다해 드러눕는 자세로 발버둥을 쳤다. 예상 외의 힘이었는지 전경들도 당황해 내 팔과 다리를 각자 다시 붙드느라 야단들이었다.

"놔! 놔! 이거 놓으라고! 재석 씨! 재석 씨!"

"야, 이 개새끼들아! 희연이를 그냥 일으켜 세워서 걷게 해줘! 그렇게 함부로 다루지 말라고!"

"이 자식이 미쳤나? 어디서 욕지거리야! 빨갱이 놈의 새끼가 감히!"

형사 중 한 사람이 그의 뺨을 세차게 후려갈겼다.

"야, 이 나쁜 놈들아! 재석 씨 때리지 마! 우리 재석 씨 때리지 말라고! 이 나쁜 놈들아!"

"희연아, 난 괜찮아! 걱정하지 말고 돌아가! 우리 나중에 보자! 금방 다시 보게 될 거야!"

"금방은 무슨! 넌 새끼야, 오늘 내로 이동 조치될 거야. 좋게 말할 때 불었으면 그런 데 안 끌려가도 되지! 하여튼 간에 너 같은 빨갱이 놈은 죽어라 고생을 해봐야 돼! 콩밥도 실컷 먹고 말이야!"

"안 돼! 이 나쁜 놈들아! 그럴 순 없어! 재석 씨! 재석 씨!"

나의 몸이 번쩍 들려졌다. 그의 이름을 부르며 공중에서 버둥질 쳐댔지만 힘으로는 어쩔 수가 없어 경찰서 건물 밖으로 번쩍 들려 나왔다. 거기에서 경찰서 담장 바깥 한길까지 전경 세 명에게 질질 끌려 나왔다. 나는 울부짖었다. 나를 끌어내는 젊은 전경들의 팔을 물어뜯기도 했다. 그들의 정강이를 마구 걷어차기도 했다.

"야하, 정말 독종이네! 뭐 이런 게 다 있지?"

"어이구! 물어뜯은 데가 시퍼렇게 멍이 다 들었네! 어휴, 맘 같아선 이걸 그냥 확! 불쌍해서 내가 봐준다."

"병신이 정말 꼴값하고 있다. 빨랑 니 온 데로 가! 가시나야, 눈도 안 보이는 게 어디 와서 행패야 행패가!"

전투경찰 세 명은 나를 경찰서 밖 인도에 끌어내고는 보도블록에 주저앉아 있는 나를 향해 야멸찬 독설을 쏟아부었다. 그들은 내게서 달아나듯 서둘러 경찰서 안쪽으로 걸어 들어갔다. 내가 다시 일어나 방향을 잡아서 경찰서 안쪽으로 들어서려고 하자 날카로운 호각 소리가 들리고 정문을 지키는 전경이 곧장 나를 가로막았다.

"아가씨! 못 들어갑니다!"

"왜요?"

"아가씨 때문에 내가 얼마나 혼난 줄 압니까? 좋은 말로 할 때 그만 돌아가십시오!"

내가 아랑곳하지 않고 걸음을 떼자 흰 장갑을 낀 그의 손이 나의 한쪽 어깨를 강하게 거머쥐었다. 아팠다. 나는 입술을 질끈 깨물었다.

"돌아가십시오!"

"이거 놔요!"

"경찰서 안으로 진입하지 않겠다면 놓겠습니다."

"……!"

"안 들어올 거죠?"

"흐으음……!"

아픔을 참는 나의 신음 소리에 완악하게 내 어깨를 거머쥐었던 그의 손가락이 풀렸다. 그는 워커 발소리를 내며 자기가 서 있는 자리로 돌아갔다. 저만치서 부동자세를 취했는지 더 이상 아무 소리도 들리지 않았다. 나는 주머니에서 푸른색과 붉은색 페인트로 글씨를 쓴 흰 천을 꺼냈다. 그리고 경찰서 쪽을 향해 그 천을 두 손으로 활짝 당겨 펼쳐서 높이 쳐들었다.

'김재석을 석방하라!' 라는 글씨가 씌어 있었다. 나는 이렇게 쫓겨날 것을 대비해 1인 시위를 경찰서 밖에서 계속할 준비를 해왔던 것이다. 내가 경찰서 쪽을 향해 흰 천을 펼쳐든 순간 마치 기다렸다는 듯이 내 근처에서 찰칵, 찰칵, 찰칵! 빠르게 셔터 누르는 소리가 연이어 났다. 그러자 근처에서 정문을 지키고 있던 그 전경이 빠르게 내 가까이로 뛰어왔다.

"아저씨! 지금 뭐 하시는 겁니까?"

"이봐, 나 몰라? 나, 조동인 기자야. 매일신문 사회부!"

"아니, 그건 알겠는데, 방금 뭘 찍으신 겁니까?"

"이거 왜 이래? 취재 방해는 불법이야. 알아?"

"그딴 것은 모릅니다. 어서 필름 내놓으십시오!"

"어헛! 왜 이래? 이 손 놓지 못해?"

"제가 근무할 때만은 안 됩니다. 정 찍고 싶으시면 저 여자 데리고 가서 경찰서 정문 아닌 곳으로 가서 찍으십시오!"

나는 갑자기 일어난 상황에 어리둥절했다. 그렇다면 신문기자는 내가 형사실 안에 있을 때도 그곳에 있었던 것일까? 아니면 내가 재석 씨와 구석진 곳에 앉아 얘기를 나눌 때쯤 안으로 들어왔을 수도 있다.

"알았어. 놔!"

"필름부터 빼주십시오."

"이 자식이! 정말 간땡이가 부었나? 어디 현역 기자의 카메라에 손을 대려는 거야?"

"자, 그러면 손 뗐습니다. 그러니까 좋게 말할 때 필름만 순순히 넘겨 주십시오. 안 그러면 정말 저 윗선으로부터 찍힙니다. 장기간 외박 금지가 떨어질 수도 있습니다. 그러니까 조 기자님께서 제발 제 사정을 봐주십쇼. 저희 사정도 잘 아시잖습니까?"

"정말 말이 안 통하는군! 알았어, 알았다고."

그러더니 갑자기 후닥닥 튀어 달아나는 발소리가 들렸다. 황급히 뒤쫓는 워커 소리도 들렸다. 차도를 달리던 차가 급브레이크를 밟으며 클랙슨을 마구 울리는 것으로 보아 기자가 재빨리 차도로 뛰어들어 길 반대편을 향해 달아나 버린 듯했다. 대여섯 걸음 뒤쫓던 전경은 연이어 달려오는 차에 발걸음을 멈추고는 반대편 인도 쪽으로 가버린 기자를 향해 씩씩거렸다. 그는 마치 분풀이라도 하듯이 내가 서 있는 쪽으로 다시 돌아와서는 내가 들고 있던 흰 천을 단번에 빼앗아 버렸다.

"내놔요! 압수입니다. 알겠어요?"

"내 거예요! 달라고요!"

그는 내가 서 있는 땅바닥에 침을 탁 뱉었다.

"어휴! 정말 더럽게 재수 없군! 하필 내 근무 시간 때에……! 야! 너 때문에 까딱 잘못하면 나 외출 금지는 물론 근무태만으로 영창 갈 수도 있어! 너 그거 알기나 해? 알기나 하냐고? 엉!"

마음의 교신

다음 날 오전 10시경 택시를 타고 다시 중부경찰서에 갔다. 어제의 한바탕 소란으로 요주의 인물이 된 나는 당연히 경찰서 입구에서부터 제지를 당했다. 그러나 물러나지 않았다. 정문 근처에서 혼자 거대한 경찰서 건물을 바라보고 서서 손나팔을 만들어 크게 외쳤다.

"재석 씨를 풀어줘요! 김재석을 풀어줘라!"라고.

내가 소란스럽게 하자 경찰서 한쪽 건물에서 전경들이 뛰어나왔다. 나는 몇 명의 전경들에 의해 목적지가 어딘지도 모르는 시내버스에 강제로 태워지기도 했다. 하지만 다음 정류장에서 곧바로 내렸고, 다시 택시를 타고 경찰서 앞으로 갔다. 그리고 목청껏 1인 시위를 계속하였다. 바위에 달걀 치기가 되더라도 그렇게 해야만 했다. 경찰서를 출입하는 시민들이나 거리의 행인들이 나를 이상하게 보는 모양이었다. 누군가는 내가 눈이 안 보인다는 것을 알고 혀를 끌끌 차기도 했고, "무슨 내막인지는 모르겠지만 그 여자 꽤나 시끄럽게 하는구먼!" 하고 통박을 주기도 했다. 정문을 출입하는 경찰이나 형사들은 처음에는 너나할것없이 골치 아프다는 표정으로 나를 어르고 타일렀다. 그러나 그들은 나에게 대응하는 방식이 모두들 똑같았다. 내가 말을 안 듣자 그들은 똑같은 어투로 돌변했고 나를 위협했다. "봐주니까 안 되겠군. 어디 한번 호된 맛을 보여 줄까? 엉!" "이 아가씨가 세상 무서운 줄 모르네. 꼭 끌려가 된통 당해 봐야 정신을 차리겠어? 이봐! 이 여자 당장 끌고 가자고!" 하고 말이다.

나는 끄떡도 하지 않았다. 그런 게 무서웠다면 애당초 일을 시작하지도, 연이어 경찰서를 찾지도 않았을 것이다. 누가 뭐라든 나 혼자만이라도 재석 씨를 석방시켜 달라는 1인 시위를 계속할 작정이었다. 이렇게 해서라도 그가 경찰서에서 걸어 나올 수만 있다면 누가 내게 표창장을 받으러 오라고 해도 난 경찰서라면 다시 오고 싶은 생각이 전혀 없었다. 나는 경찰서 정문 앞까지 다가갔다가 제지를 당하거나 내쫓기는 것을 여러 차례 반복하고 있었다. 나의 행동이 끈질기게 계속되자 출입 경찰이나 정문을 지키는 전경도 지친 모양이었다. 오후 3시가 넘어서자 그들은 고개를 설레설레 흔들며 내가 경찰서 구내로 진입하는 것만을 막아서고 문 밖에 서 있는 것은 그냥 내버려 두었다. "언제까지 저러려고? 저러다 제 풀에 지치면 말겠지!" 하는 심사였다.

누군가 경찰서 안쪽으로 들어가는 발소리가 들리면 그 누군가의 등에 대고 큰소리로 외쳤다. "재석 씨를 풀어주세요! 그 사람은 아무 죄가 없어요!" 하고 외치는 것을 반복했다. 누군가 내게 "미친년!" 하고 욕을 내뱉고 지나가기도 했다. 그러나 실망하지 않았고 절망하지도 않았다. 내가 있는 정문에서부터 그리 멀지 않은 장소에 그가 있다는 그 이유 하나만으로 얼마든지 버틸 수가 있었다.

오후 4시가 넘어서자 전혀 예기치 못했던 일이 발생했다. 어느 순간인가 사오십 대 중년 신사, 할아버지, 아주머니, 고등학생들이 나를 알아보기 시작했고, 그들도 나와 함께 "김재석을 석방하라!"고 주먹을 흔들며 외치기 시작했다. 그들은 이미 내 이름도 알고 있었다. 사람들이 몰려와 내 손을 잡으며 위로하고는 같이 힘을 보태자는 말을 할 때 정말 어찌된 영문인지 몰라 어리둥절했다. 그러자 누군가 말했다. 방금 배포된 「매일신문」 오늘자 석간을 보았는데 내 사진과 함께 나에 대한 기사가 사회면에 대문짝만하게 실렸다는 것이다. 시위 주동자로 체포된 그에 대한 사연과 그를 석방하라고 1인 시위를 하는 나에 대한 사연이 실린 것이다. 그제야 나는 경찰서 정문을 지키는 전경의 팔을 뿌리치고 후닥닥 달아났던 그 기자를 떠올렸다. 조동인 기자라고 했던가. 그 기자는 내가 어제 형사들이 근무하는 사무실 안으로 들어갔을 때부터 이미 그 안에서 뭔가를 취재하고 있었던 게 틀림없다. 그와 인터뷰한 적도 없는데 신문 기사에 내가 D대 무슨 학과 학생이며 이름까지 나왔다고 하니 말이다. '김재석을 석방하라!' 고 쓴 흰 천을 두 손 높이 펼쳐들고 경찰서 정문에서 혼자 시위하는 내 모습이 사진으로 실

렸다고 했다. 누군가 기사 내용까지 읽어주었는데 김재석이 무슨 죄목
으로 체포되었고, 지금 중부경찰서 안에서 조서를 꾸미는 중이라는 내
용까지 일목요연하게 세세히 실렸다.

신문에 실리는 일이 그처럼 빠르게 사회적 반향을 일으킬 줄 몰랐
다. 집집마다 「매일신문」이 배달되는 오후의 한 시각이 넘어서면서부
터 중부경찰서 내 수백 대의 전화기가 불붙은 듯 울려대기 시작했다는
것이다. 흉악범도 아닌데 김재석을 선처해 달라는 얘기에서부터 나도
재석 군 같은 아들을 키우는데 남의 일 같지 않다는 구구절절 읍소형
애원이 주류를 이루었고, 그리고 김재석을 구속시키면 중부경찰서를
불태워 버리겠다는 협박 전화까지 쉴새없이 울려대는 전화 때문에 경
찰서 업무가 마비될 정도였다. 또한 첫날인 어제는 나 혼자였지만 신
문에 실린 오늘은 이십여 명의 시민이 나와 함께 경찰서 앞 시위를 하
였다. 그리고 사흘째 되는 날 경찰서 앞에는 이백여 명의 시민과 학생
들이 모여 한 목소리로 김재석을 석방하라고 외쳤다. 전투경찰 두 개
중대가 나와 강제로 우리를 해산시켰을 정도였다.

나흘째 되는 날부터는 대구시 전체가 기사 하나에 집중되는 심상찮
은 분위기가 일자 경찰서장이 형사들을 시켜 나를 데려오라고 지시했
다. 형사들은 서장 집무실로 나를 데려갔다. 괄괄하고 목소리에 쇳소
리가 밴 오십 대 경찰서장은 몹시 화가 나 있었다.

"아가씨! 아니, 희연 학생! 도대체 생각이 있는 거야 없는 거야? 왜
일을 이렇게 크게 만드는 거냐고?"

“……!”

“모든 게 법이고 절차야! 우린 법을 수호하고, 법을 위반한 사람들을 체포하는 게 일이고 업무야. 학생이 생각하는 것처럼 그렇게 막무가내로 사람을 체포한 것도 아니고 맘대로 풀어줄 수 있는 사안도 아니란 말이야! 내 말 알아듣겠어? 자네도 운동권인가?”

“아닙니다.”

“그런데도 대책 없이 이 같은 일을 선동하고 저질러? 학생 때문에 지금 시민들이 동요하고 있잖아. 다분히 감상적이고 감정적인 자네 행동 때문에 소요가 일어날 조짐까지 일고 있다 그 말이야! 치안을 불안정하게 하면 어떤 벌을 받는 줄 알아? 엉! 학생 정말 감옥에 보내줄까? 그래야 정신 차리겠어? 엉!”

“네. 차라리 그렇게 해주세요!”

“뭐, 뭐야? 이거 정말 안 되겠구먼! 이봐, 강 경위!”

“네!”

“이 학생 체포해서 끌고 가!”

“……넷?”

“당장 조서 작성하고 유치장에 처넣어 버리라고. 공무방해죄, 시위 주동죄를 적용시켜 당장 구속해 버리란 말이야!”

“알겠습니다. 하지만……! 이봐요, 학생! 우리 서장님 하신다면 하시는 분이야. 큰일 치르기 전에 얼른 잘못했다고 빌어. 학생, 이 자리에서 구속되면 당장 어떻게 되는지 알아? 그 즉시 아가씨 구만리 같은 길이 끝장난다고. 호적에 빨간 줄 가고. 그리고 유죄 판결받고 형무소에 최소한 여섯 달 이상 갇히는 것은 물론, 학교에서도 제적 처리당하는 게 정해진 순서야. 모든 게 끝장이라고! 그러니까 서장님께 어서 빌어. 어서! 다신 경찰의 고유 권한이자 업무를 침해하는 그 어떤 선동적인 행동이나 시위도 하지 않겠다고 말씀드리란 말이야."

"……!"

"필요 없어. 저런 것들은 당장 원칙대로 구속시키라고!"

"잠깐만요. 서장님! 잠시만 시간을 주십시오. 죄송합니다! 이봐요, 학생! 정말 내가 학생이 안쓰러워서 그래. 이런 일로 학생 장래를 망치면 앞으로 부모님 얼굴을 어떻게 봅나? 그러니까 기회는 바로 지금뿐이야. 다신 안 그러겠다고만 서장님께 말씀드려. 그러면 내가 책임지고 학생을 당장 집으로 돌려보내 줄게."

"아뇨."

"뭐, 뭐야?"

"재석 씨를 풀어주지 않으시겠다면 저도 함께 구속시켜 주세요. 전 차라리 그 편이 훨씬 더 나아요!"

"……!"

"강 경위! 내가 말했지! 저것도 빨갱이가 틀림없다고. 하여튼 간에 의식화와 좌경화가 무섭긴 무서워. 눈먼 계집애도 저렇게 독살스럽게 만들어버리니까. 이젠 더 이상 긴말할 것 없어! 당장 끌고 가서 조서 꾸미는 대로 유치장에 처넣어 버려!"

　나는 강 경위 손에 이끌려 경찰서 유치장으로 들어갔다. 그러면서도 혹시라도 그를 다시 만날 수 있을 것 같아 한편으론 맘이 설레었다. 아무것도 두렵지 않았다. 그가 제적당한다면 나도 제적당할 것이고, 그가 구속된다면 나도 기꺼이 구속될 마음의 채비를 차렸다. 그 누가 뭐래도 그는 현재 나의 사랑이고 나의 사람이다. 그와 한배를 타는 것은 너무나 당연했다. 철창에 갇힌 나는 철창살을 두 손으로 잡고 남자 피의자들이 갇혀 있는 반대편 철창을 향해 "재석 씨!"를 몇 번이나 조심스러운 목소리로 불렀다.

　"이봐, 아가씨! 앞이 안 보여서 그러나 본데, 걔는 지금 유치장에도 없고 여기에도 없어!"

　"넷? 그럼, 그 사람은 지금 어디 있나요?"

　"나 원 참! 이렇게 깜깜하고 막무가내인 아가씨는 처음 보는군. 아가씨, 내가 측은해서 일러주는데…… 그 친구 다른 곳으로 이동된 지 벌써 이틀째야. 그 학생은 이젠 우리 서에서도 어쩔 수 없게 돼버렸다고. 그걸 모르는 아가씨가 공연히 우리 서 앞에 와서 연일 소란을 일으킨 거지. 여기에 없는 그를 우리가 무슨 수로 풀어주겠어? 서장님도 권한 밖이야!"

　그 말을 듣자마자 온몸에 힘이 쫙 풀려 그 자리에 털썩 주저앉았다. 그가…… 그가 다른 곳으로 끌려갔다면, 그곳은 틀림없이 안기부 산하 지방 대공분실일 것이다. 이른바 안전가옥이라고 일컬어지는 아주 비밀스런 장소. 물 고문용 욕조가 있고…… 전기 고문을 전문적으로 하는 고문 기술자들이 검은 가방을 들고 드나드는 곳……. 그가 그런 곳에서 지금 홀로 공포에 떨며 고통받고 있다고 생각하자 터져 나오는 울음을 참을 수 없었다. 그는 지금 얼마나 무서울까? 그곳에 들어가면 그 누구인들 거짓 자백이라도 하지 않을 수 없고, 그들이 이미 각본을 짜놓은 대로 할 수밖에 없게 만들어버리는 곳이라던데. 사람을 발가벗겨 놓고 구둣발로 마구 짓밟으면서 온갖 치욕과 수모를 다 주면서 끔찍하기 이를 데 없는 고문으로 사람의 정신과 혼을 완전히 빼놓는다던데……. 마, 맙소사! 이 얼마나 끔찍한 일인가. 인간이기를 포기한 고문 기술자들이 하는 짓은 얼마나 비열하고 잔인한가? 그런데도…… 그런 그를 조금도 도울 수가 없다. 설사 그가 피 터진 입술로 내 이름을 불러도 대답조차 해주지 못하고, 그가 나를 향해 피 묻은 손을 뻗어도 그의 손을 잡아줄 수가 없다. 그가 공포에 떨어도 그의 얼굴을 두 팔로 부둥켜 감싸 안아줄 수가 없다! 내가 이렇게 있는데도, 이렇게 멀쩡하게 살아 있는데도 그에게 아무런 도움이 되지 못한다는 생각이 들자 괴로움과 억울함을 이기지 못하고 유치장 바닥에 주저앉아 엉엉 엉 소리 내어 울었다. 경찰과 형사가 유치장 밖에서 나를 향해 뭐라뭐라 떠들었다. 그리고 유치장 안으로 여경이 들어와 내 어깨를 흔들었으나 나는 그가 겪을 엄청난 고통과 공포를 생각하며 큰소리로 울고 또 울었다.

앞이 안 보인다는 것은…… 나처럼 혼자 수십 년을 어둠 속에 홀로 앉아본 자는 남의 눈치 따위는 보지 않아도 되는 마음의 독립성을 이미 이루고 있다. 내가 슬프면 이 세계가 함께 슬프고, 내가 울면 이 세상이 울음으로 가득 차는 것이다.

나는 경찰서 유치장에 두어 시간 정도 갇혀 있다가 풀려났다.

나까지 구속시켰다간 경찰서에 항의하는 시민들의 반향이 두렵기도 했겠지만 경찰서 안에서도 거리낄 게 없는 나의 행동에 대해 경찰들조차 대책이 안 섰기 때문일 것이다. 그 누가 뭐라든 내가 유치장 안에서 한 시간 넘게 큰소리로 울어 젖히자 다수의 경찰 업무가 마비될 정도였다. 그렇게 방면 조치된 나는 다리가 풀린 채 흐느적거리는 걸음걸이로 간신히 내 방을 찾아 돌아왔다.

참담했다. 눈을 뜨고도 악몽을 꾸었다. 그의 생각으로 나의 생각이 땀에 젖고 피를 흘렸다. 학교 주변에 살던 나와 친한 과 친구가 와서 나를 돌봐주었지만 나는 그녀가 해주는 미음도 몇 숟가락 못 삼킬 만큼 지독한 아픔을 앓았다.

대구 시내에서는 전에 없이 방학 기간임에도 불구하고 대학생들의 소규모 시위가 연일 곳곳에서 일어났다. 파쇼 타도! 군사정권 타도! 독제 타도! 같은 구호가 늘 그래 왔듯 당연히 있었지만 '김재석을 석방하라!'는 새로운 구호도 그 안에 간간이 들어 있었다. 사오십 명, 혹은 백여 명의 기습 시위가 게릴라식으로 시내 곳곳에서 전개되었다. 그들 중 일부는 파출소에 화염병을 던지기도 했고 경찰차를 파손하기도 했다. 까닭에 시위 인원은 많지 않았지만 대구 시내 전 경찰력이 비상에 돌입할 만큼 심각한 양상을 띠었다.

열에 달뜬 신음 소리를 내뱉으며 몸져누워 있는 동안 일단의 기자들의 방문을 몇 번이나 받았다. 내가 일련의 사태에 대한 발단의 하나라고 생각한 기자들이 날 취재하기 위해서 찾아왔다. 나는 방문을 걸어 잠그고 일체 문을 열어주지 않았다. 「매일신문」 조동인 기자가 왔어도 나는 인터뷰에 응하고 싶은 마음이 전혀 없었다. 나는 석간신문에 대문짝만하게 날 만큼 위대한 일을 한 것도 아니고 결코 위대한 사람도 아니다. 그리고 운동권은커녕 학생시위를 한 번도 해본 적이 없는 아주 평범한 여대생일 뿐이다. 게다가 숨길 수 없는 장애를 가지고 있다. 까닭에 나는 영웅도 아니고 시대적인 영웅이 되고 싶은 마음도 애당초 없었다. 내가 문제를 일으켰다면 그건 사랑하는 사람이 겪을 고통과 괴로움에서 그를 한순간이라도 빨리 벗어나게끔 해주고 싶다는 열망에서 비롯된 것이다.

나는 경찰서 앞에서 1인 시위를 하거나 경찰서장에게 맞고함을 지를 만큼 담대하지도 않고 용기 있는 사람도 아니다. 그 누군가 내게서 그 사람을 앗아갔으므로 그를 가두고 있는 사람들에게 그 사람을 돌려보내 달라고 한 것뿐이다. 양쪽 모든 부류의 당신들에겐 그 사람이 그저 세상 무서운 줄 모르는 하룻강아지이거나 아니면 시대의 억압과 불의를 타파하기 위한 의식 있는 젊은 영혼이라고 할 수 있겠지만 나에게 그 사람은 세상에서 단 하나뿐인 나의 사랑이다. 내게 그 사람이 없다는 것은 세상이 없다는 것과 마찬가지고 내가 존재하지 않는 것과 같다. 내가 그를 사랑하는 한 그는 내 목숨과도 같다. 이 삶에 있어서 아름다운 사랑을 꿈꾸고 행복을 꿈꾸는 나는 그가 만일 잘못되거나 사라진다면 내 사랑과 행복도 함께 잘못되고 사라지는 것이다. 그의 문제가 곧 나의 문제이기 때문에 나선 것뿐이다. 이기적이라고 해도 상관없다. 나는 시대에 항거한 것이 아니라, 내가 이 시대에 그를 잠시라도 빼앗긴 것을 못 참아 했을 뿐이다. 양쪽으로 갈려 싸우는 이 시대가 그를 망가뜨릴까 봐 불안에 떤 것뿐이다. 내가 지금 그와 함께 손을 잡고 얘기를 나눌 수 있다면 그 어떤 것에라도 난 내 영혼을 팔 수가 있다. 다른 것은 필요 없다. 지금 내게 재석 씨만 있으면 내 고통은 즉시 멈출 것이다. 어떤 인간들일지라도 그를 해치면 결코 난 가만있지 않겠다. 평생 정체를 확인 못할 그들을 저주하고 저주할 것이다. 그러니 그를 어디에선가부터 지금 당장 풀어달라. 나에게 다시 돌아오게 해달라. 그러면 나는 당신들에게 기꺼이 무릎을 꿇고 이마가 땅바닥에 닿게 조아릴 것이다. 원한다면 일천 배, 삼천 배를 당신들을 향해 드릴 수도 있다.

　나는 아무래도 괜찮다. 그만 온전히 내게 있으면 된다. 그 무엇이든 세상이 시끄럽고 소란스러운 것을 결코 좋아하지 않는다. 다시금 말하지만 재석 씨가 체포되지 않았다면 나는 경찰서에 찾아가는 일은 꿈에도 생각하지 않았을 것이다. 무모함도 없었을 것이며 애당초 그럴 엄두도 못 냈다. 그게 내 진실이다. 이런 생각을 가진 내가 어떻게 감히 인터뷰를 하겠는가. 온몸과 삶 전체를 던져 시위하고 운동하는 사람들에게 어떻게 내가 낯부끄러워 조악한 내 얼굴을 신문에 싣겠는

가. 그것은 장하고 떳떳한 게 아니라 가증스럽고 몰염치하기 짝이 없는 짓이다.

몸과 마음이 너무 아파 방 안에서 꼼짝하지 않고 드러누워 그가 돌아오기만을 기다렸다. 그 사람에 대한 좋은 소식이 오기를 기다렸다. 거의 먹지도 자지도 않고 그가 제발 무사하기만을 빌고 또 빌었다. 재석 씨가 몹쓸 고문으로 고통받지 않기를 간절히 빌었다. 깊은 한숨을 내뱉던 나는 벽에 기대 설핏 잠들었는데 그때마다 꿈속이 피로 붉게 물들거나 그의 비명 소리가 들려서 이내 현실로 내동댕이쳐지듯 소스라치면서 깨어났다.

그렇게 나흘을 보냈을까. 저녁 무렵, 며칠간 산속 기도원에 들어가 있었기 때문에 나에 대한 소식을 늦게 들었다며 아빠 엄마로부터 긴급한 전화가 걸려왔다. 지금에라도 당장 갈 테니까 기다리라고 했다. 나는 씩씩하게 말했고, 곧 집으로 내려갈 테니 기다려달라고 말씀드렸다. 아빠 엄마를 실망시키는 일은 절대 없을 거라고 다짐을 드리고 또 드렸다. 솔직히 나는 잠시라도 대구를 떠나 있을 수가 없었다. 그가 어떤 지경에 처했는지 모르는데 나만 고향집에 가 엄마가 해주시는 따스한 상을 받을 용기가 차마 없었다. 엄마 아빠가 내게로 오셔서 내가 분에 넘치는 걱정을 듣는 것도 정말 싫었다. 나는 조금 아파 누워 있는 것뿐이지만 그는 지금 어떤 고초를 당하고 있는지 상상도 할 수 없지 않는가. 대구 길에 나서시겠다는 아빠를 극구 만류했다. 괜찮다고, 며칠 아프긴 했는데 이젠 몸을 다 추슬렀다고 다시금 씩씩하게 말씀드렸다. 걱정스런 목소리로 한숨을 내쉬던 아빠는 그제야 날 믿겠다고 하셨다. 내일이라도 정리가 되는 대로 고향으로 내려오거나, 언제라도 아빠가 필요하면 전화를 넣으라고 말씀하셨다. 나는 다시 한 번 씩씩하고 싹싹하게 그러겠다고 대답했다. 염려를 끼쳐드려 죄송하다고 말씀드린 뒤 전화기를 내려놓았다.

곁에서 나를 돌봐주던 고마운 친구도 집으로 돌려보냈다. 고맙기 그지없긴 하지만 그녀의 움직임과 말소리는 내가 그를 생각하는 데 방해가 되었다. 그가 어디에 있든 내 마음과 그의 마음은 교신이 가능할 텐데 친구로 말미암아 우리의 교신에 방해를 받는다는 그 느낌만은 싫었다. 나는 친구마저 없는 방에 혼자 앉아 재석 씨와 마음 교신을 하였다.

어디 있는 거야? 잘 있는 거야? 아프지 않아? 아프지 않다고? 힘내, 재석 씨! 언제라도 힘들면 SOS를 내게 타전해! 그러면 내가 재석 씨 있는 데로 찾아갈게! 재석 씨 지금 힘들겠지만, 많이 힘들겠지만 참아내야 해. 머지않아 재석 씨는 다시 자유로워질 거야. 응? 그래, 내가 약속할게! 훗후후. 이제야 말하지만 내가 점쟁이 기질이 좀 있거든. 선천적으로 앞날 쪽으로 보내고 받는 텔레파시 쪽이 강하다고! 그러니까 재석 씨, 내 말만 믿고 조금만 참고 기다려! 힘들고 고통스러우면 나를 생각해! 재석 씨가 느끼는 두려움과 아픔, 공포, 고통이 있으면 전부 다 내게로 보내! 내가…… 내 마음이 안테나가 되어 다 받아들일게! 알았지? 재석 씨! 재석 씨는 내일 안으로 틀림없이 풀려날 거야! 그럼 나한테로 가장 먼저 뛰어와야 해! 알겠지?

나는 진작부터 그렇게 쉼 없이 내 마음에게 중얼거렸지만 그가 체포된 지 닷새, 엿새가 지나도 그는 돌아오지 않았다. 영장이 발부돼 정식으로 구속되었다거나 아니면 언제 그가 풀려날 거란 소식도 전혀 없었다. 일주일이 지나도 아무 소식이 없었다. 그가 돌아오기만을 기다리는 나는 거의 초주검 상태가 되었다. 그가 겪을 극한의 고통을 함께하고 싶었다. 내가 먹고 자는 것에서 버텨내면 그도 버텨낼 거란 무지에 가까운 원시적 믿음이었다. 하지만 상관없었다. 그 사람이 멀쩡하지 않고선 밥이 입에 안 들어가고 잠이 안 오는데 난들 어쩌란 말인가. 그러다 보니 나의 체력과 정신력도 거의 바닥까지 내려가 있었다. 그와 함께라면…… 죽음이라도 달콤하련만, 그가 곁에 없는 나 혼자만의 빈사 상태는 그저 막막했다. 의식이 아득하다가 가물가물해지는지 느낌들이 점점으로 찍히듯 아스라해졌다. 그 점점의 점멸이 내 마음속 공간에도, 내 방 안 공간에도 가득히 찍혔다. 8일이 지나고 9일이 됐을 무렵엔 그 점, 점들이 낱개의 팽이처럼, 물굽이처럼 저마다 돌아가는 게 느껴져 앉아 있어도 어지러웠고 누워 있어도 어지러웠다. 어느 순간 나도 모르게 겁이 덜컥 나기도 했다. 정말…… 이러다가 내가 죽는 게 아닐까……! 그가 극도의 고통에 힘겨워하고 있다는 내 생각만으로 나는 나를 너무 애정 없이 방치하는 게 아닐까…… 하는 미량의 자의식을 끝으로 나는 산 것도 죽은 것도 아닌 것 같은 혼미하고 혼곤한 상태로 점차 빠져들고 있었다.

그때 누군가 밖에서 내 방문을 힘차게 두들겼다.

"희연아!"

"……?"

"나야. 내가 왔어. 희연아! 안에 있니?"

아……! 그렇다. 그였다. 재석 씨 목소리였다. 분명 그 사람이 돌아온 것이다. 처음엔 꿈인지 생시인지 분간을 못해 제대로 일어나지도 못하고 몸만 허깨비처럼 방바닥에서 뒤척거리고 있었지만 나는 어느 순간 신기를 받은 사람처럼 자리를 박차고 벌떡 일어났다.

"재, 재석 씨?"

"그래그래. 나야, 나!"

아……! 그의 목소리는 분명 문 밖에서 연신 들려오고 있었다. 나의 삶이 다시 이렇게 새로이 시작된다는……! 그의 목소리는 내가 이 현실에서 가장 간절히 듣고 싶어했던 목숨 같은 것이었다.

순수의 시대 1

초판 1쇄 인쇄 2006년 2월 14일 | 초판 1쇄 발행 2006년 2월 21일

지은이 김하인 | **펴낸이** 김태영

상무 신화섭 | **편집장** 박선영 | **책임편집** 오유미
기획편집 1팀 양은하 이효선 도은주 성화현 | **2팀** 노진선미 가정실 | **3팀** 최혜진 정지연 한수미
디자인 김정숙 하은혜 차기윤 | **마케팅** 신민식 정덕식 권대관 송재광 임태순 박신용 김형준
영업관리 이재희 김은실 | **인터넷사업** 정은선 김미애 왕인정 | **홍보** 김현종 허형식
광고 김정민 이세윤 임효구 | **외서기획** 이유정 | **제작** 이재승 송현주
경영지원 하인숙 김범수 봉소아 김성자 | **인사교육** 송진혁 이화진

펴낸곳 (주)위즈덤하우스 | **출판등록** 2000년 5월 23일 제13-1071호
주소 서울시 마포구 도화1동 22번지 창강빌딩 15층 | **전화** 704-3861 | **팩스** 704-3891
e-mail yedam1@wisdomhouse.co.kr | homepage www.wisdomhouse.co.kr

출력 엔터 | **종이** 화인페이퍼 | **인쇄·제본** (주)현문인쇄

값 8,000원 ⓒ 김하인, 2006
ISBN 89-5913-132-6 04810
　　　89-5913-131-8(전2권)